CITAS PELIGROSAS

NATALIE ANDERSON

WITHDRAWN

Editado por HARLEQUIN IBÉRICA, S.A.
Núñez de Balboa, 56
28001 Madrid

© 2011 Natalie Anderson
© 2015 Harlequin Ibérica, S.A.
Citas peligrosas, n.º 2023 - 4.2.15
Título original: Dating and Other Dangers
Publicada originalmente por Mills & Boon®, Ltd., Londres.

I.S.B.N.: 978-84-687-5652-3
Depósito legal: M-30719-2014
Editor responsable: Luis Pugni
Impresión en CPI (Barcelona)
Fecha impresion para Argentina: 3.8.15
Distribuidor exclusivo para España: LOGISTA
Distribuidor para México: CODIPLYRSA
Distribuidores para Argentina: Interior, DGP, S.A. Alvarado 2118.
Cap. Fed./Buenos Aires y Gran Buenos Aires, VACCARO HNOS.

Capítulo Uno

MujerAlerta:

¡No consientas que te usen de felpudo! ¿Estás harta de citas frustrantes? Consulta aquí la información acerca del hombre con el que vas a quedar, y no olvides repasar nuestros consejos para sobrevivir a la jungla de las citas.

MujerAlerta entrada#: ¡DonTresCitasySeAcabó!

CafeínaAdicta -publicado 15:49
Puede que Ethan Rush no salga con dos mujeres al mismo tiempo, pero acabará contigo con una táctica aún peor. Es sexy y lo sabe; y puede resultar encantador. Te llevará a un par de sitios lujosos, te encandilará y te proporcionará el mejor sexo que puedas imaginar. Pero casi de inmediato, te dirá adiós sin ningún tipo de explicación. Solo con una nota del tipo: «Ha sido divertido».

Para entonces, ya ha concertado la siguiente cita. No te esfuerces en atraparlo: tres citas y se acabó.

MinnieM-publicado 18:23
Yo también salí con él y tienes toda la razón. Te hace sentir maravillosamente y luego te deja echa un guiñapo. Es un manipulador.

Bella_262*-publicado 21:38*

A mí me llevó a un restaurante espectacular. Fue la noche más increíble de toda mi vida, pero para él... No sé, yo diría que solo le importa acumular conquistas. Me siento como una idiota.

CafeínaAdicta *-publicado 07:31*

Una vez consigue lo que quiere, desaparece. Te deja con la miel en la boca, y convencida de que hay tienes algo defectuoso.

MinnieM*-publicado 09:46*

Sigo sin saber por qué dejó de llamar. Pensaba que todo iba fenomenal y de pronto desapareció. Que me regalara flores no fue ningún consuelo.

CafeínaAdicta *-publicado 10:22*

¿A ti también te regaló flores? Estoy segura de que no somos las únicas. Pero tened claro que el problema lo tiene él, no nosotras. Hay que evitarlo como a la peste. ¡No dejéis que se salga con la suya!

Ethan sentía golpes de frío y de calor a medida que leía el enlaces que su hermana que le había mandado por correo, y que había abierto pensando que sería una broma.

Pero aquello no tenía nada de gracia.

Don Tres Citas y Se Acabó marcó un número de teléfono.

—Polly, te lo has inventado —dijo, en cuanto su hermana contestó.

—Desgraciadamente, no —dijo Polly.

4

–Eres la reina de Internet.

–Pero no uso a las mujeres –se defendió Polly.

–Ni yo las uso más que ellas a mí –tras una pausa, Ethan añadió–: Además, soy muy generoso –las llevaba a buenos restaurantes, se aseguraba de que lo pasaran bien.

–¿En qué sentido? –preguntó Polly–. Es verdad que no sales con ninguna mujer más de tres veces.

–¿Qué tiene eso de malo?

–Solo te interesa una cosa.

–No es verdad, ni siquiera me acuesto con todas –que le gustara la compañía de las mujeres no significaba que fuera promiscuo.

Ethan interpretó el silencio con el que Polly recibió sus palabras como un reproche. Indignado, volvió la mirada a los comentarios de algunas de sus citas.

–No puedes creerte todo lo que lees en Internet. ¿Dónde están las pruebas? –preguntó, irritado.

–Sé que lo de las flores es verdad.

Porque ella era la florista de cuyo negocio él era el mejor cliente.

–¿Y eso convierte todo lo demás en verdad?

Polly volvió a guardar silencio y Ethan se sintió herido.

–En cualquier caso, ¿quién abre una página web para que se desahoguen mujeres amargadas y retorcidas? –preguntó, indignado.

Quienquiera que fuera la mujer que la había diseñado, debía ser una bruja. Vistas las espantosas camisetas que vendía, estaba claro que quería ob-

5

tener beneficios de mujeres vulnerables y vengativas.

—Olvídalo, Ethan. No debería habértelo mandado —Polly intentó cambiar de tema—. ¿Vendrás al bautizo? ¿Solo?

—Claro, así podré escoltar a mamá y protegerla de papá y de su última conquista.

Sin apartar la mirada del ordenador, Ethan leyó dos entradas más y sintió que le hervía la sangre.

—Esto es difamación. Puede que en Internet haya libertad de expresión, pero esto es injusto.

Además de peligroso. Un blog como aquel debía estar prohibido. Alguien tenía que hacer algo al respecto antes de que la vida y el trabajo de más de un hombre corriera peligro por culpa de su mala reputación online.

Ethan Rush jamás rechazaba un reto. Tendría que pasar a la acción.

Nadia miró la bandeja de entrada con los ojos enrojecidos. Había sido una estúpida quedándose hasta tarde para moderar el foro. Y peor aún había sido tener que abrir dos nuevas entradas a las tres de la madrugada. Su blog había crecido más de lo que había esperado, y aunque estaba encantada, se le hacía cada día más difícil el trabajo, y era este el que pagaba las facturas, además de proporcionarle el prestigio por el que tanto había luchado. Así que no podía permitirse cometer errores.

Cerró los ojos y tomó aire. Cuando estaba a punto de ir a la máquina para hacerse con una provisión de chucherías que le elevaran el nivel de azúcar, le sonó el teléfono.

—Nadia, hay un caballero en recepción que pregunta por ti —le informó Steffi, la recepcionista, en un tono inusualmente animado.

Nadia miró el calendario, pero no tenía apuntada ninguna cita.

—¿Seguro que es para mí?

—Sí. No le vale nadie más.

Nadia lo dudaba. Debía tratarse de alguien que aspiraba a un puesto en la aseguradora Hammond. Ella sabía bien lo difícil que era, puesto que había luchado como una gata salvaje para conseguir el trabajo.

—Es muy insistente. ¿Te lo mando?

—Está bien —accedió Nadia finalmente—. Mándalo a la sala número cinco. Dame tres minutos.

—Fenomenal —dijo Steffi como si le faltara el aliento.

—¿Stef, estás bien? —susurró Nadia, frunciendo el ceño.

—Sí, ¿por qué?

—Pareces agobiada.

—Qué va. Estoy perfectamente —dijo Steffi con una sonora carcajada.

Nadia colgó, convencida de que se trataba de un obstinado aspirante. Alegrándose de dejar el ordenador un rato, tomó una de las carpetas con información sobre las condiciones de empleo en la empresa antes de ir a la sala de reuniones.

Una vez se sentó, echó una ojeada a la documentación y se preparó para soltar el correspondiente discurso con una sonrisa de oreja a oreja acerca de las increíbles oportunidades que representaba trabajar en aquella prestigiosa compañía, a la vez que no daba demasiadas esperanzas al candidato. Hammond solo empleaba a los mejores, y el noventa y nueve por ciento de los que lo intentaban, fracasaban.

Alzó la mirada al tiempo que veía llegar a Steffi con una sonrisa tan luminosa que Nadia parpadeó. En tono animado, dijo a la persona que la seguía:

–Esta es la sala –y se echó a un lado.

Nadia vio al hombre en cuestión y tuvo que parpadear de nuevo. Varias veces. No tenía nada que ver con el joven graduado que esperaba. Siempre parecían listos y ansiosos por agradar, pero nunca presentaban aquella imagen de seguridad en sí mismos ni eran tan… adultos y masculinos. Con un traje cortado a medida y una sonrisa que se correspondía con su viril cuerpo, Nadia jamás había visto unas facciones tan perfectas en la vida real. No era de extrañar que Steffi se hubiera transformado en una abobada adolescente.

Nadia sintió que le faltaba aire y no consiguió sonreír o saludarlo. Pero la sonrisa del hombre desapareció en cuando Steffi se fue. Nadia sintió entonces un escalofrío y los sentidos se le aguzaron. Aquel hombre no estaba allí por un puesto de trabajo, y había algo en él bajo su inmaculada superficie que resultaba inquietante, algo que no estaba segura de querer identificar.

El hombre cerró la puerta cuidadosamente, sin dejar de mirar a Nadia, y preguntó:

–¿Usted es Nadia Keenan?

–Así es. ¿Le sorprende? –contestó ella, al tiempo que señalaba una silla frente a ella. Normalmente se ponía en pie, pero temía que le fallaran las piernas.

Nadia desvió la mirada a la pared opuesta y se concentró en bajar las pulsaciones. Dos de las paredes eran ventanales; y la tercera, que daba al pasillo, estaba acristalada, de manera que cualquiera que pasara podía verlos. No tenía sentido que se sintiera aislada, o que tuviera la impresión de que en la sala faltaba oxígeno, como no había justificación para los escalofríos que la recorrían. Y no precisamente de miedo. Tomó aire de nuevo.

–¿En qué puedo…?

–¿Cuál es la política de Hammond en relación al uso de Internet? –interrumpió él.

Nadia apretó los labios y deslizó a un lado la carpeta a la vez que intentaba poner en orden su mente.

–Supongo que es bastante conservadora –continuó él, sin esperar a que contestara–. Hammond lo es.

–¿Cuál es el objeto de su pregunta, señor…? –preguntó Nadia, evitando mirarlo.

–Rush. Ethan Rush –dijo él con si fuera el mismo James Bond–. ¿Reconoce mi nombre?

–¿Debería?

–Yo diría que sí.

Nadia no era capaz de pensar. Apenas podía respirar.

–Lo siento, señor Rush, pero va a tener que ser más claro.

–Pensaba que la habían puesto sobre aviso.

–¿Eso cree? –desconcertada, Nadia alzó la mirada y vio en los ojos marrones de Rush un destello de dureza.

–Sí, en MujerAlerta. ¿Conoce ese blog, Nadia?

Nadia lo miró boquiabierta al tiempo que se le ponía la carne de gallina y cada célula de su cuerpo sufría una descarga de adrenalina. Dejó pasar un segundo y tomó la decisión de fingir que no sabía de qué hablaba. Si era necesario, lo negaría todo.

–¿Quería algo de mí, señor Rush?

–Sí, quería conocer la normativa de Hammond respecto al uso de Internet, y por lo visto, usted es la experta dentro del departamento de Recursos Humanos.

Aunque no se había movido, Rush pareció agrandarse y llenar la habitación con su apabullante energía.

–Dígame –añadió con sarcasmo–, ¿sabe su jefe que tiene el blog más malintencionado y difamatorio de la Red?

Nadia sintió la garganta atenazada.

–¿Qué cree que pasaría si sus jefes supieran de su afición? Dudo que le hiciera ningún bien, y más teniendo en cuenta que es la persona encargada de instruir a los empleados sobre el protocolo a seguir en Internet. No creo que sea la persona apropiada para dar consejos.

Nadia apretó los dientes, irritada con la calificación de «afición».

Rush sacó un papel del bolsillo y lo colocó so-

bre la mesa. Nadia miró de reojo el encabeza-
miento y alzó la mirada hacia él. No necesitaba
leer más porque lo había escrito ella misma. Era el
memorándum interno sobre acceso a Internet y
el uso de los ordenadores, en el que se especifi-
caba que tanto las redes sociales como los foros
estaban prohibidos. Nadia había actualizado el
borrador, que había sido aprobado por el departamento legal y sus supervisores.

—¿De dónde ha sacado eso?

¿Y cómo demonios había dado con ella?

—Resulta contradictorio que dé seminarios a sus
empleados para que protejan su identidad y su reputación en la Red cuando en el ciberespacio es
usted tan viperina.

—¿Qué es exactamente lo que quiere, señor
Rush? —preguntó Nadia, con todos los músculos
en tensión.

Habría querido huir, pero necesitaba saber qué
era lo que aquel hombre pretendía. Así que, a pesar de que el corazón le latía acelerado, se obligó a
calmarse. Jamás había utilizado a Hammond en
sus foros ni pensaba hacerlo. Su trabajo le importaba demasiado.

—¿Usted qué cree, Nadia? ¿Qué puedo querer?

Nadia se encogió de hombros.

—No tengo ni idea. A no ser que quiera un empleo en Hammond, no tenemos nada de qué hablar.

Rush la observó, sonriendo. Apoyado en el respaldo, parecía a sus anchas. Y estaba espectacular
con su arrogante y varonil actitud.

11

Nadia conocía bien ese tipo, y por eso mismo alertaba a las mujeres para que los evitaran. Demasiado guapo para su propio bien, un playboy caprichoso que probablemente salía con varias mujeres a la vez. Y estaba molesto. ¡Pobrecito!

Clavaba una mirada de fuego en ella, retándola a contestar. Pero Nadia no estaba dispuesta a dejarse avasallar.

—Puede que sea el doble que yo, pero no me intimida, así que puede llevarse su actitud amenazadora a otra parte.

—¿Amenazadora? —Rush dejó escapar una carcajada que cargó el aire de tensión—. No estoy aquí para amenazar, Nadia, sino para arrancarle una promesa.

Nadia se humedeció los resecos labios.

—Las entradas sobre mí son difamatorias —dijo él bruscamente.

—Ya sabe que la mejor defensa contra la difamación es la verdad —dijo Nadia con una sonrisa forzada.

—Así es.

—¿Quiere decir que nada de lo que está escrito es verdad?

—Exactamente.

—Demuéstrelo —dijo Nadia, encogiéndose de hombros.

—¿No debería ser al revés, Nadia? En un sistema libre y legal una persona es inocente hasta que no se demuestre lo contrario. Pero en el mundo que usted ha creado, es culpable hasta que se demuestre inocente. ¿Le parece lógico?

Nadia lo miró con fingida inocencia.

–Los hombres que se mencionan en mi blog son culpables.

–¿No cree que puede dar lugar a abusos? ¿No cree que una mujer pueda utilizarlo con deseos de venganza?

–¿Una mujer con deseos de venganza? Hombres como usted han creado ese estereotipo.

–¿Así que usted no es una mujer herida que busca retribución? ¿Por eso tiene ese blog?

Nadia se enfureció.

–Lo tengo para proporcionar información.

–¿Porque todos los hombres son unos bastardos?

–Información sobre cómo relacionarse con hombres en el mundo moderno –apuntó Nadia.

Pero aquella conversación no llevaría a nada. Él nunca lo comprendería. Era obvio que se sentía herido en su inflado ego.

–No tengo por qué justificarme ante usted.

–Se equivoca –Rush se inclinó hacia adelante–. Va a tener que justificar sus acciones ante muchas personas. ¿Por qué se esconde tras el anonimato? Sus jefes no saben lo que hace.

Nadia miró por la ventana. Claro que no lo sabían y, de averiguarlo, podría perder su trabajo.

–No engaño a nadie –dijo con firmeza–. Así que, ¿me quiere explicar qué hacemos aquí? Es evidente que usted sí ha hecho daño a alguien.

–¿Y no tengo derecho a réplica?

–Puede escribir una reclamación. Solo tiene que registrarse.

–¿Con una identidad falsa? –Rush negó con la cabeza–. Usted es quien debe asumir la responsabilidad de la página que ha creado, y confirmar la veracidad de lo que se escribe en ella para evitar perjudicar a la gente.

–¿En qué se ha visto perjudicado?

–La reputación es un valor incuantificable.

Nadia lo sabía bien.

–Entonces, ¿qué es lo que quiere?

Rush se reclinó en el respaldo pausadamente y bajó la mirada, mientras Nadia tenía que concentrase en desviar la suya de sus sensuales labios.

–Está bien. Tendré que demostrarlo –dijo él finalmente, mirándola.

–¿Y cómo pretende hacerlo? –preguntó Nadia, sin comprender por qué la voz le salía en un susurro.

–Tres citas –dijo él en el mismo tono.

–¿Perdón?

–Vamos a concertar tres citas. Usted es juez, jurado y verdugo, así que deberá juzgarme por mis actos. Le demostraré que lo que pone en su blog es mentira.

Nadia dejó escapar una risa nerviosa.

–No pienso quedar con usted.

–Entonces tendrá que llamar a sus abogados –dijo él, mirándola fijamente–. ¿Tiene mucho dinero, Nadia? Supongo que no gana demasiado en su posición.

–Los usuarios de mi blog firman una cláusula de exención por la que estoy liberada de la responsabilidad de lo que escriben.

–¡Qué apropiado! Aunque no sé si sería aceptada en un juicio –Rush sonrió con suficiencia–. Además, el juicio sería largo y dudo que le convenga perder tantos días de trabajo. Todo el mundo se enteraría, sus colegas de trabajo, su familia... –entornó los ojos inquisitivamente–. Nadie lo sabe, ¿verdad? –y fue por la yugular–. Querida, va a necesitar un buen abogado.

–¿Está dispuesto a invertir tanto dinero en esto? –preguntó Nadia con un nudo en el estómago. No podía estar hablando en serio.

–Tengo la suerte de ser abogado y de poder representarme a mí mismo.

Por supuesto que era abogado. Tenía todas las peores características de su gremio. Pero, una vez más, Nadia se negó a ser intimidada.

–No voy a retirar los comentarios que le afectan. Es un caso de libertad de expresión.

–No quiero que las quite. Quiero que las niegue.

–Para eso tendrá que contactar con las mujeres que las han escrito.

–Las entradas son anónimas.

–¿Y son tantas que no consigue identificarlas? –preguntó Nadia con fingida sorpresa antes de pasar al ataque–. Sea sincero, lo que quiere es una entrada en la que digan lo fabuloso que es en la cama.

–¿Se ofrece a acostarse conmigo para poder dar los detalles usted misma?

Nadia sintió que le ardían las mejillas... y el resto del cuerpo.

–Yo no necesito su aprobación para saber lo bueno que soy en la cama, Nadia. Lo que quiero es que ponga una nota en la que explique que no todo lo que se escribe en la página es objetivo. Aunque preferiría que cancelara el blog.

–Eso no va a pasar.

–¿Tan importante es para usted ser una harpía?

–Si poner sobre aviso a las mujeres sobre hombres como usted me convierte en una harpía, sí.

–¿Y cómo sabe que lo que escriben es cierto?

–¿Por qué iban a mentir? Son mujeres que han sufrido.

–¿Como usted?

Nadia se quedó paralizada por una fracción de segundo.

–En mi caso, no es algo personal.

–¿A quién pretende engañar?

Nadia intentó pensar en una escapatoria, pero supo que estaba acorralada.

–Está bien. ¿Tres citas? De acuerdo. Pero pagamos a medias.

Rush hizo que se sobrecogía, pero no pudo ocultar el brillo triunfal de su mirada.

–¡Qué vulgar!

–No quiero deberle nada, señor Rush. Ni que crea que estoy en deuda con usted por haberme invitado a una cena.

–De hecho, espero mucho más que eso, Nadia –Rush sonrió–. Y llámame Ethan.

Nadia se puso en pie y fue hacia la puerta. Él la imitó y ella fue consciente de que la miraba de arriba abajo y calculaba la altura de sus tacones.

–Las cosas más peligrosas tiene proporciones pequeñas –dijo en tensión.

Ethan le dedicó una sonrisa paternalista.

–También las más valiosas –dijo con dulzura.

Nadia no lo acompañó a la salida. Tenía la sangre en ebullición. ¡Desde luego que Rush se merecía estar en MujerAlerta! Debía haber destrozado cientos de corazones sin ni siquiera darse cuenta.

Pero no tocaría el suyo. Nunca. De ninguna manera.

Capítulo Dos

MujerAlerta

Diez consejos básicos para sobrevivir en la jungla de las citas:

Lo que no debes hacer en la primera cita:

No bebas demasiado. El alcohol nubla la mente y tienes que poder tomar decisiones seguras y sensatas.

No seas abiertamente provocativa. Quieres una posible relación, no sexo de una noche.

No hables de tus exparejas, enfermedades o problemas de trabajo. Es deprimente.

No vayas al cine. Quieres conocer a la persona, no sentarte a su lado dos horas en silencio.

No estés ansiosa, relájate y sé tú misma.

Ethan, que leía el mensaje echado en el sofá, con el ordenador apoyado en el estómago, rio a carcajadas. ¡MaduraEscarmentada, el seudónimo de Nadia Keenan, tenía reglas estrictas! El blog estaba lleno de consejos y sugerencias, como si fuera una gran experta. Y Ethan lo dudaba.

Nadia necesitaba que un verdadero experto le diera un par de lecciones. Y él iba a hacerlo, utilizando sus propias armas. Al contrario que ella, su bufete trataba a los adultos como tales y no prohibía la actividad en Internet, siempre que no tuviera un impacto negativo en su negocio.

Si estaba furioso, no era por lo que pudieran pensar sus colegas, en caso de leer el blog, sino porque en él se violaban principios legales básicos. Aunque también había un elemento personal en ello, obviamente. La descripción del blog era demasiado parecida a la que él habría hecho de su padre, y se negaba a ser incluido en la misma categoría. Él no era ni cruel ni mentiroso. Una cosa era que le gustara jugar, pero siempre era sincero y trataba bien a las mujeres con las que salía. Aunque tenía que reconocer que, en el caso de Nadia Keenan, lo último que quería era tratarla bien.

Entró en una de las páginas para hacer blogs y pensó en cómo llamarlo. ChicosAvispados le pareció un buen nombre, y a continuación dio título a la primera entrada: *Cómo tratar a una supuesta diva del chismorreo.*

En la entrada con información sobre el blog, escribió:

Ethan Rush, al que MujerAlerta pretende desenmascarar como DonTresCitasySeAcabó, quiere que las mujeres recapaciten y que los hombres se enteren de la basura que se escribe en los blogs de relaciones. Chicos, este es vuestro espacio, donde encontraréis los consejos que necesitáis.

Riendo quedamente, empezó a escribir la primera entrada.

ChicosAvispados: *Las comedias románticas son vuestras aliadas. De acuerdo a la autodenominada Madura-Escarmentada, ir al cine en la primera cita es un error. Pero se equivoca. El cine es un espacio seguro en el que hasta la reina de las nieves puede empezar a descongelarse, como la misma MaduraEscarmentada.*

Para redondear el plan, podéis ir antes a tomar una pizza, ¡de las buenas, chicos, no de un servicio de entrega a domicilio! Tenéis que demostrar que estáis esforzándoos. Pero como sabéis bien, no hay nada peor que sentirse atrapado en un restaurante de lujo con una mujer aburrida, mientras esperas una hora a que lleguen dos hojas de lechuga y un solomillo del tamaño de una moneda en un plato gigantesco.

La pizza es una opción mejor. Luego, el cine proporciona un par de horas en las que relajarse y, al terminar, la película sirve como tema de conversación. Una vez que empiece a hablar, ya no parará. A las chicas les gusta hablar, así que deja que comparta sus ideas. Hay un principio inmutable: cuanto más le dejes compartir, más le gustarás. Así de sencillo.

Y si quieres dar el golpe final, remátala con un postre. Se derretirá como el pastel de chocolate que se tome, además de beneficiarte del baile de hormonas que habrá activado el final feliz.

Eso es lo que yo voy a hacer con MaduraEscarmentada.

Estad atentos para saber cómo rematar la faena en la segunda cita.

Ethan dio al botón de «publicar» antes de que le entraran dudas. Después de todo, ella había arruinado su reputación y no le importaba lo más mínimo. Aquel era el primer paso para restaurar su buena imagen.

Entró en MujerAlerta, se registró con su nombre y escribió un comentario en la entrada dedicada a él:

Ethan Rush: ¿Queréis conocer otro ángulo de esta historia? ¿Qué ha pasado con la verificación de los datos? No parece que en esta difamatoria página se le dé la menor importancia. ¿Aceptáis un reto? La mismísima MaduraEscarmentada ha aceptado salir con DonTresCitas para someterlo a un juicio justo. Ella jugará sus cartas y yo las mías. Cada uno de nosotros escribirá un informe y vosotras podréis decidir quién es el honesto y quién el manipulador. En definitiva, quién es el vencedor.

Acababa de lanzar el guante. Ya solo necesitaba algunos comentarios positivos para inclinar un poco la balanza. Afortunadamente, tenía suficientes amigos que lo conocían bien y sabrían que en todo aquello había un componente de humor. Puso el enlace en su red social, apagó el ordenador y cerró los ojos.

Y de pronto se dio cuenta de que era una locura. Lo que había pensado hacer era ir a por ella y exigirle que retirara las entradas de él y cerrara el blog, amenazarla con denunciarla.

Y aunque era cierto que la había amenazado, solo lo hizo porque se le pasó por la mente una idea mucho más sugerente. Antes de verla, había tenido la convicción de que MaduraEscarmentada era una mujer severa y poco atractiva: pero se había encontrado con un hada de preciosas facciones en una cara con forma de corazón y con el cabello suelto, levemente rizado en las puntas. En cuanto la vio, sus pensamientos cambiaron de rumbo.

Tendría que tener cuidado para no meterse en un lío. Solía ser amable y encantador, pero debía darle una lección. Nadia Keenan iba a morder el polvo.

Pero no utilizaría el sexo. Por mucho que fantaseara con ello y le tentara. Cuando fuera ella quien le implorara, se echaría atrás como un caballero. Y conseguiría que lo odiara aún más.

Ethan seguía asombrado del contraste que había entre su apariencia dulce y su actitud vengativa. ¿Quién la habría herido? Estaba seguro de que algún hombre le había roto el corazón.

Abrió de nuevo el ordenador, entró en MujerAlerta. Para vencer al enemigo había que conocer sus puntos débiles.

Nadia habría querido que Megan estuviera en casa, pero se había ido a Grecia a conocer a la familia de su novio, Sam.

Repasó las perchas a pesar de que sabía perfectamente lo que tenía, y que nada era apropiado para la ocasión. Tenía que superar a Ethan Rush, por mucho que le costara. Era guapo, inteligente y rico. Todo le resultaba fácil. Y ella estaba decidida a borrarle aquella sonrisa de soberbia de la cara. Pero, ¿cómo?

Tomó la bolsa que había dejado sobre la cama en el mismo instante en el que sonó el teléfono. ¡Era Megan!

–¿Qué me pongo para una cita a la que no quiero ir? –preguntó Nadia a bocajarro.

–¿Tienes una cita? –preguntó Megan, encantada–. ¿Por qué no quieres ir?

–Porque es con un cretino que me ha obligado a aceptarla.

–Nadie te obliga a ti a nada –dijo Megan, escéptica.

Apenas hacía diez horas, Nadia hubiera estado de acuerdo.

–Si no salgo con él me va a denunciar por difamación, además de desenmascararme como la mujer detrás de MujerAlerta.

–¿Habláis de él?

–Tiene su propia entrada: DonTresCitasySeAcabó. Es un conquistador en serie, de una arrogancia insoportable.

–¿Y te ha chantajeado para que le concedas una cita?

–Tres.

–Se ve que es bueno –dijo Megan con una risita.

–Está loco.

–No creo que llegue a denunciarte. ¿Por qué no dices a Hammond lo que haces? Solo le dedicas tus horas libres.

–No puedo arriesgarme.

Nadia no podía permitirse ese lujo. Y menos después de haber comprado un piso y haber conseguido un gran trabajo cuando nadie en su familia creía en sus posibilidades. No la habían creído capaz de acostumbrarse a vivir en una gran ciudad, pero ella les había demostrado que estaban equivocados.

–Estoy leyendo la entrada. Suena interesante –Megan suspiró profundamente–: Buen sexo. ¿Hace cuánto que no tienes buen sexo?

Nadia cerró el armario de un portazo. Megan bromeaba porque seguía de luna de miel con Sam y hacían el amor dos veces al día. Ella lo había hecho en los dos últimos años una vez, como mucho.

–Nadia –dijo Megan alarmada–. ¿Has leído lo que ha escrito?

Nadia sintió que se le helaba la sangre.

–Hasta ahora no había escrito nada –dijo, a la vez que iba al salón y encendía el ordenador de mesa–. Ha hecho públicas las citas –dijo con un gemido–. ¡Ahora lo sabrá todo el mundo!

Definitivamente, era una guerra y en ella solo habría un vencedor.

–Pero no sabrán que eres tú, recuerda que te ocultas tras un seudónimo –la tranquilizó Megan–. Hay un enlace a un blog. ¿Es suyo?

–Acaba de abrirlo; lo estoy leyendo –dijo Nadia a la vez que lo ojeaba y dejaba escapar un gruñido.

Megan rio.

–Estoy deseando ver cómo «remata la faena» en la segunda cita.

–Es un engreído. No va a rematar nada.

–¿No dices que es guapo? Debe serlo para estar tan seguro de sí mismo.

–Si te gustan los tipos grandes y varoniles, con un ego descomunal, supongo que lo es.

–Suena perfecto –bromeó Megan–. ¿Qué vas a ponerte?

Nadia reprimió un nuevo gemido. Sabía que Megan quería que lo pasara bien, pero ella no quería resultarle atractiva a Ethan. Necesitaba una armadura. Unos pitidos la interrumpieron.

–Tengo que dejarte –dijo Nadia–. Me ha entrado una llamada –apretó un botón–. ¿Dígame?

–Nadia.

¡Horror!

–Ethan –Nadia notó que se le ponía la carne de gallina y rehusó admitir otra sensación que se le asentaba en el vientre.

–¿Te va bien el miércoles? –preguntó él sin preámbulos.

Faltaban dos días. Nadia necesitaba más tiempo.

–Me temo que tengo planes –mintió. No pensaba ponérselo fácil.

–¿El jueves?

–De acuerdo.

–Podríamos ir al cine.

Nadia decidió aceptar la sugerencia. Había leído su blog y sabía cómo ganarle la mano.

–Muy bien –dijo sin el menor entusiasmo–. ¿Puedo elegir yo la película?

–Por supuesto.

Tras una pausa, Nadia preguntó:

–¿De dónde has sacado mi teléfono?

–De la misma forma que descubrí quién era la mujer detrás de MujerAlerta, por Internet.

–Pero está cifrada.

–Nunca lo bastante. Te recogeré en tu casa.

–¿Sabes dónde vivo? –eso era inquietante.

–Claro –Nadia percibió la sonrisa en el tono de Ethan–. En la esquina de las calles Amarga con Retorcida, ¿no?

–Es una lástima que no vayas a perderte.

–No tengo la menor intención de hacerlo –dijo Ethan con una voz aterciopelada que la hizo estremecer–. Mándame los detalles y te diré a qué hora paso por ti.

–¡Esperaré anhelante! –dijo ella, sarcástica.

Miró la pantalla. Lo peor era aquel «supuesta diva». Era un engreído bastardo. Iría de compras y encontraría algo con lo que se sintiera irresistible. Hasta el punto de que Ethan no pudiera aguantar. La mirada que le había dedicado en la oficina le había hecho saber que esa posibilidad existía. Igual que no podía negar que ella había respondido. Pero era capaz de controlarse a la vez que lo provocaba. Y cuando lo tuviera a punto, lo rechazaría. ¡Qué satisfactorio resultaría!

Conocía sus posibilidades. Sabía que tenía algo que intrigaba a los hombres. A muchos le gustaban las mujeres menudas. Así que enfatizaría su lado menudo y femenino.

Volvió al blog y releyó las entradas que hablaban sobre él. Si lo que decían era cierto, más tarde o más temprano, Ethan pasaría al ataque. Conquistar era en él tan natural como respirar. No le interesaban tanto las mujeres, como la seducción en sí. Era un depredador puro.

Para lograr su objetivo, ella tendría que convertirse en una presa apetecible.

Estaba decidida a ser la mujer que lo pusiera en su sitio.

Nadia encontró el vestido perfecto, etéreo y floreado, muy femenino. Lo acompañó con unas bailarinas para enfatizar la diferencia de altura. Se dejó el cabello suelto y eligió un chal y un bolso pequeño. Se maquilló levemente, con máscara y un lápiz de labios rosa pálido. Fresca, femenina e inocente, esa era la imagen que quería proyectar.

Tal y como esperaba, Rush llegó puntual. Con una sonrisa forzada, Nadia abrió la puerta, pero en cuanto lo vio, se le borró de los labios. Estaba tan guapo que resultaba irritante. Vestido con vaqueros y una camiseta blanca que destacaba sus musculosos brazos y anchos hombros, era el vivo retrato de la seducción. Y Nadia perdió el aplomo.

–¿Qué te parece si tomamos una pizza antes del cine? –preguntó con un brillo burlón en los ojos.

Nadia apretó los dientes.

–Es una buena idea, pero… –dijo, frunciendo el ceño como si lamentara contrariarlo–. La película a la que quiero ir empieza pronto –miró a Ethan con gesto inocente y mordisqueándose el labio–. ¿Te importa?

Ethan la miró detenidamente antes de contestar.

–No, claro que no. ¿Nos vamos?

–Entra un momento –dijo ella con una exagerada amabilidad–. Tengo que recoger mi chal.

27

–Gracias –dijo él, sorprendido.

Nadia lo miró de reojo y vio que estudiaba la sala. El apartamento tenía estilo y era acogedor, pero Ethan hacía que cualquier espacio resultara pequeño.

–Es muy bonito –comentó.

Nadia tomó el chal que había dejado en el brazo del sofá.

–¿Esperabas que viviera en un sitio cutre? –había puesto como salvapantallas en el ordenador una secuencia de fotografías de un divertido viaje con Megan a Francia.

Ethan sonrió al verlas.

–Aprendo rápido, Nadia, y sé que contigo debo esperar lo inesperado.

–¿De verdad?

–Así es –Ethan la miró–. Vayámonos.

Sintiendo una descarga de adrenalina, Nadia lo siguió al exterior y cerró con llave. Tras caminar una breve distancia, Ethan paró un taxi. A Nadia le desconcertó que no tuviera coche.

Al notar su vacilación, Ethan preguntó al tiempo que le abría la puerta:

–¿No te gustan los taxis?

Lo cierto era que Nadia habría preferido evitarse la incomodidad de ir sentada con él en la parte de atrás. Le resultaba demasiado íntimo e invocaba imágenes que prefería ignorar, como la de ellos dos besándose.

Se pegó a un extremo y cruzó las piernas a la vez que borraba esa idea de su mente. Ethan se sentó relajadamente, evitando invadir su espacio, pero sin dejar de mirarla, como si la retara a que lo mirara. Con un suspiro, Nadia terminó por ceder.

–Por cierto, estás preciosa –dijo él con dulzura.

–Gracias –dijo ella en tono apagado–. Tú también estás muy guapo, pero ya lo sabes.

–En la misma medida que tú sabes que, te pongas lo que te pongas, estás espectacular–dijo Ethan sonriendo–. ¿No te gusta oírlo?

Nadia puso los ojos en blanco.

–¿No te gustan los piropos? –preguntó Ethan, divertido.

–Los tuyos, no –dijo ella–. Todo esto es una farsa. No voy a creer nada de lo que digas porque sé que solo pretendes impresionarme para que diga que eres fantástico y que las mujeres que escriben sobre ti mienten.

–Al margen de las circunstancias, dudo que sea fácil impresionarte.

–¿Eso crees? –Nadia se apretó un poco más contra la puerta.

Nadia se tensó al sentir que Ethan le clavaba una mirada inquisitiva.

–Creo que vives de acuerdo a una lista de normas y reglas –dijo Ethan–. Como la que escribiste respecto a la primera cita. Tienes reglas para todo y quien no las cumple, se equivoca. No dejas espacio para el error humano.

–Eso no es verdad –Nadia consideraba que su vida estaba plagada de errores.

–¿No? –Ethan esbozó una sonrisa–. ¿Quieres decir que a veces no sigues tus propios consejos?

–Los pocos consejos que doy se basan en mi propia experiencia. Sería una idiota si repitiera mis errores.

Ethan asintió como si acabara de confirmarle algo.

–Por eso te has vuelto una cobarde.

Nadia sintió que le hervía la sangre.

–No soy cobarde, solo precavida.

–Pero también eres inteligente y capaz. Quizá deberías confiar más en ti misma.

–¡Por favor…! –dijo Nadia, asumiendo que los halagos formaban parte de su plan de conquista.

–Hablo en serio, deberías dejarte llevar por los instintos.

–¡Claro! –dijo Nadia con sorna–. Eso es lo que tú quieres; que las mujeres bajen las defensas para caer en tus brazos –sacudió la cabeza–. Por eso dedicas esas sonrisas seductoras, y piropeas y escuchas atentamente, para que las cerezas caigan en tu boca. ¡Es todo tan falso!

Ethan la miró boquiabierto por un segundo, pero reaccionó al instante.

–Está bien –carraspeó–. No voy a intentar impresionarte.

Lo cierto era que Ethan no necesitaba hacer nada para conseguirlo. Aparte de ser guapo y de tener una voz profunda y sensual, decía cosas interesantes. Nadia estaba segura de que era un abogado excepcional.

–Dime algo de la película que vamos a ver –dijo Ethan, volviendo a un tema neutro.

–Llevo años queriendo verla –dijo Nadia, ocultando una sonrisa de satisfacción por lo que consideraba una idea genial.

Cuando llegaron al cine independiente, les indicaron la sala más pequeña. Solo estaban ellos y otro espectador. Nadia había estudiado la cartelera hasta encontrar la peor película imaginable y después de cinco minutos, decidió que había acertado.

Era una película francesa con subtítulos, en ocasiones ilegibles, sobre las torturadas vidas de un artista, su mujer y su amante.

A los diez minutos, Nadia estaba desesperadamente aburrida y confió en que Ethan también. La película duraba tres horas. Confiaba en que la tortura sirviera al menos para darle un escarmiento.

¿Ethan estaba riendo? Lo miró de reojo. Parecía totalmente enfrascado en lo que veía. Ethan sonrió de nuevo como si fuera la película más divertida del mundo.

Para rematar el horror, la inexistente acción se vio interrumpida por una tórrida escena de sexo entre el artista y su amante. Nadia se quedó petrificada. Cerró los ojos, pero escuchar fue aún peor, porque le dio pie a inventar sus propias imágenes, y en todas ellas estaba Ethan.

Sintió un alivio inmenso cuando el artista volvió a pintar, pero solo le duró diez minutos, porque llegó otra escena de sexo, aún más explícita, con su mujer. En medio de los jadeos y gemidos, el estómago le hizo unos ruidos que se pudieron escuchar por encima de los continuos grititos orgásmicos.

Tosió para acallar el continuó rumor, mientras en la pantalla seguía la gimnasia sexual.

–¿Te encuentras bien? –preguntó Ethan, inclinándose hacia ella.

–Perfectamente –masculló ella, mirándolo y viendo que la observaba con expresión socarrona.

Afortunadamente, la película llegó a su fin, pero Ethan resultó ser de los que se quedaban hasta que acababan los créditos. Solo cuando las luces se encendieron, se volvió a Nadia con una sonrisa de oreja a oreja.

–¿Ha sido tan buena como esperabas? –preguntó.

–Sí –mintió Nadia a la vez que lo precedía a la salida–. ¿Así que hablas francés? –¡cómo podía tener tan mala suerte!

–*Mais oui*, por supuesto –Ethan le abrió la puerta–. Es una pena que tú no, porque en la traducción se perdía mucho. Me ha parecido una película muy interesante. Vayamos a comer algo. Estoy seguro de que tienes tanta hambre como yo. Ya te has fastidiado a ti misma para molestarme a mí –dijo–. No lo hagas una segunda vez.

–De acuerdo.

–Fantástico –Ethan paró un taxi–. Esta vez elijo yo.

Capítulo Tres

Se trataba de un restaurante francés. O mejor dicho, de una porción del paraíso en la Tierra. A lo largo de una pared había una vitrina llena de todo tipo de pasteles y tartas que casi le nublaron la vista a Nadia, además de hacerle la boca agua. Miró a su alrededor, y al ver que estaba lleno, asumió, desilusionada, que no encontrarían sitio.

—No vamos a conseguir mesa —dijo, quejumbrosa.

Ethan la miró desde su gran altura, como un capitán de barco con expresión serena en medio de la tormenta.

—Tenemos una mesa reservada.

Nadia sintió un inmenso alivio. Ethan le posó la mano en la parte baja de la espalda para que siguiera al maître, y ella sintió tal descarga eléctrica que se preguntó si no tendría un mecanismo para provocar ese efecto. El sobresalto le hizo cuestionarse si había tomado la decisión acertada.

Pero tenía el azúcar bajo y aquellos pasteles resultaban demasiado tentadores. Les lanzó una última ojeada antes de sentarse, y solo de verlos sintió que la cabeza le daba vueltas. Quizá le daría la oportunidad de demostrar que tenía buen apetito.

¿No encontraban eso sexy los hombres? ¿No resultaba seductor ver a una mujer relamiéndose? Si podía usar esa arma y hacerse más deseable, su victoria al rechazarlo sería aún más rotunda. Eso haría.

–¿Qué te apetece? –preguntó Ethan.

Nadia se planteó dar varias respuestas insinuantes, pero decidió mantenerse a un nivel más sutil.

–Voy a saltarme el plato principal y pasar a los postres. Si es posible, dos.

–Claro –dijo él con una luminosa sonrisa.

–¿Y tú? –preguntó ella, sonriendo a su vez.

–Tomaré algo salado.

Habían alcanzado una aparente tregua. Nadia se distrajo con la carta para evitar mirar a Ethan. Cuando lo hacía, se quedaba con la mente en blanco, y necesitaba mantenerse alerta.

–Tienen una gran selección de vinos –dijo él–. ¿Quieres?

–Por el momento no, pero tú pide lo que quieras.

El alcohol se le subía pronto a la cabeza, y ese era un error que no pensaba cometer. Esperó a que el sumiller se fuera para preguntar:

–¿Cómo has conseguido la mesa?

–He mandado un mensaje desde el cine.

A Nadia le irritó que hubiera asumido que aceptaría la invitación. Mientras esperaba a que el camarero sirviera la copa de Ethan, se dijo que debía mantenerse tranquila y actuar como una adulta. Mirando el líquido granate, dijo:

–Al final sí voy a tomar un poco. Gracias –una copa no la embriagaría. Además, estaba acalorada

34

después de la película, de haber oído a Ethan hablar en francés y de haber entrado en un paraíso gastronómico.

–¿Te gusta? –le preguntó Ethan cuando probó el vino.

Era fabuloso, suave y reconfortante. Nadia se apoyó en el respaldo de la silla tras pedir, sintiéndose plenamente feliz al saber que pronto tendría ante sí un delicioso dulce.

–¿Te sientes mejor? –preguntó Ethan con gesto pícaro.

–Mucho mejor, gracias –Nadia suspiró. Él sonrió y ella sonrió para sí. Seguro que pensaba que con un poco de chocolate conseguiría derretirla. No sabía la sorpresa que lo esperaba.

–¿Lo pasaste bien anoche?

Nadia recordó a tiempo que le había dicho que iba a salir.

–Sí, estuve con unos amigos que no veía hacía mucho tiempo.

–Escribiste mucho en el blog –dijo él con una sonrisa maliciosa–. Pasas la mitad de la vida conectado.

Nadia dio otro sorbo al vino para bajar su termostato interno.

–Has estado fisgoneando.

–No hace falta fisgonear cuando escribes para ser leída.

–Tú también has estado muy activo –dijo Nadia, sacando finalmente el tema.

–¿Estás enfadada conmigo por haber hecho públicas nuestras citas?

–Enfadada, no. Sorprendida. Creía que querías proteger tu privacidad.

–Esto no tiene que ver solo contigo y conmigo, Nadia. ¿Qué sentido tendría mantenerlo entre nosotros?

–Sigo sin verle ningún sentido.

Ethan rio quedamente.

–En este momento, la comida tiene todo el sentido del mundo.

En ese instante llegó el camarero con sus platos. Dos postres para ella. Nadia probó uno de inmediato y se sintió en el cielo. Era puro éxtasis.

Ethan la observó sin tocar su comida.

–Deduzco que está bueno.

–¿Bueno? –dijo Nadia con incredulidad–. Mucho más que bueno. Es…

Ethan esperó sonriendo.

–Es indescriptible –concluyó Nadia.

No tenía que fingir para resultar sensual ante aquella delicia. Sin dejar de sonreír, Ethan se concentró en su plato y Nadia estaba demasiado abstraída en el suyo como para intentar mantener una conversación.

Fue comiéndolos alternativamente, sin lograr decidir cuál dejaría como último bocado. Pero eso no significaba que su actitud hacia Ethan se estuviera suavizando, ni que pensara que había sido muy astuto llevándola a aquel restaurante. No pensaba disfrutar de su compañía, ni del reto que Ethan representaba. Eso ni hablar.

–¿En qué estás pensando? –preguntó él finalmente–. Te has quedado muy callada.

Reanimada por la dosis de azúcar, Nadia contestó:

—Estoy pensando en lo que voy a escribir sobre esta cita.

Algo brilló en la mirada de Ethan. Dejó los cubiertos y alejó el plato de sí.

—¿Qué vas a escribir tú? —preguntó Nadia, tan dulce como sus postres—. Estoy ansiosa porque llegue nuestra próxima cita para ver como «rematas la faena».

—Yo también —dijo él, impertérrito.

—Pero seré yo quien elija dónde ir. Hoy eras tú quien quería ir al cine.

—Muy bien, ¿qué quieres hacer? —preguntó él con amabilidad.

—Quiero quedar de día —en un espacio abierto, donde se sintiera segura. No quería darle la patada hasta la tercera cita, así que tendría que medir bien sus pasos.

—¿Una cita de día? —Ethan se reclinó en el respaldo para dejar al camarero recoger los platos.

—¿Qué te parece el domingo por la tarde? —preguntó Nadia. Cuanto antes acabaran, mejor.

—Perfecto —Ethan rellenó las copas—. Estoy deseando pasar más tiempo contigo. Eres muy buena compañía.

Nadia contuvo la risa ante su disimulado sarcasmo. Alzó la copa y le retó:

—Creía que no ibas a intentar impresionarme.

—Supongo que es un hábito —Ethan se encogió de hombros sin dejar de sonreír.

—¿Siempre piropeas?

–Siempre –Ethan miró intensamente a Nadia–. Y a ti te parece mal.

–Solo si no eres sincero –dijo ella, reflexiva.

–Pero es que lo soy.

–¿Siempre? –Nadia dejó la copa y frunció el ceño.

–Así es.

–¿Seguro? ¿Nunca lo haces para que la otra persona se sienta bien?

–¿Eso te parece mal?

–No es honesto.

–Está bien –dijo Ethan inclinándose hacia ella–. ¿Quieres honestidad? Aquí la tienes: creo que estás preciosa con ese vestido, y todo esto sería mucho más sencillo si no te encontrara atractiva, pero, sinceramente, creo que estás…

–¿Qué?

–Indescriptible –dijo él–. Quizá deberías sentir lo que me haces. ¿Podrías soportar ese tipo de honestidad?

Y antes de darle tiempo a reaccionar, Ethan le tomó la mano y la posó en su pecho. Nadia pudo notar su calor y el rápido palpitar de su corazón. También pudo oírlo resonando en sus oídos. Su propia sangre bombeaba en sintonía. Y aún peor fue la sensación cálida y sensual que la embargó y que la preparaba para ser poseída.

Se quedó paralizada unos segundos hasta que recuperó la conciencia del entorno. Estaba casi tendida sobre la mesa de un restaurante de lujo, mirando fijamente los preciosos ojos marrones de un tipo que la mantenía hipnotizada. Sentía algo íntimo e intenso, algo…

Entonces recordó su regla: no ser abiertamente provocativa.

Y se recordó que las reglas estaban para cumplirse. Tragó saliva para recuperar la calma. Pero todo en Ethan era sexual. Era como un imán y lo sabía. Lo que desconocía era que ella iba a ser quien lo desarmara, la mujer que se le resistiera.

–¡Eres realmente bueno! –dijo, tiñendo su voz de frialdad al tiempo que liberaba su mano y apretaba el puño bajo la mesa–. Te gusta gustar, ¿verdad? Quizá por eso eres tan halagador. Con ello no las satisfaces a ellas, sino a ti mismo.

–Y tú eres fantástica inventando excusas –dijo él, con una mayor frialdad de la que ella había logrado imprimir a sus palabras–. En cambio a mí me importan los hechos, y me he documentado sobre ti.

–¿Qué hechos has descubierto? –preguntó Nadia, enfureciéndose.

–Tú misma los has escrito. Es fácil encontrar la información –Ethan se inclinó hacia a ella–. ¿A que la primera entrada en MujerAlerta se refería a Rafe Buxton?

Nadia evitó contestar tomando un sorbo de vino. Sentía la sangre en ebullición. ¿Cómo se atrevía a sacar un tema tan personal?

–¿A quién se le ocurre salir con un tipo como Rafe Buxton? –preguntó Ethan al tiempo que le rellenaba la copa.

–No pienso hablar de esto –dijo ella, airada–. Eres incapaz de sentir empatía. Solo quieres provocarme.

–No es verdad –dijo él en un tono irritantemente tranquilo–. Solo quiero entender de dónde viene tu rabia.

Nadia se limitó a mirarlo en tensión.

–¿Así que era un coleccionista de vírgenes? –preguntó Ethan.

Nadia estaba ciega de rabia. Y de vergüenza. Había sido una estúpida y no tenía el menor deseo de revivirlo. No iba a comentar su pasado sexual con semejante tiburón. No quería darle la menor información. Así que dio un gran trago al vino.

–Que tú primer hombre fuera un imbécil no debe empañar tu vida –añadió Ethan con un encogimiento de hombros.

Nadia no pudo aguantar más.

–Lo que no voy a consentir es que se salga con la suya. Abusa de jóvenes que están dando sus primeros pasos de libertad.

Rafe era profesor en la universidad y seducía a estudiantes ingenuas con su atractivo, su poder y su intelecto. Todo ello resultaba una fachada, tal y como ella había descubierto por sí misma.

–Todos cometemos errores. Forma parte del ser humano.

–Hay una diferencia entre cometer un error y que abusen de ti –y Rafe había abusado de ella y de muchas otras mujeres–. Nadie tiene derecho a destrozar las ilusiones ajenas.

–Pero todo el mundo tiene que enfrentarse a la realidad en algún momento.

–¿Crees que esa es la realidad? –dijo Nadia, indignada–. ¿No crees que exista el amor verdadero?

–¿Con final feliz? –Ethan negó con la cabeza–. No.

Su cinismo hirió a Nadia, aunque sabía que no debía sorprenderse. A pesar de todo, tenía que admitir que había algo de verdad en lo que decía.

–Quizá no a una edad tan temprana –accedió. Ella procedía de un pueblo pequeño y de una familia extremadamente protectora, lo que la había convertido en una víctima propiciatoria –. Yo no buscaba casarme. Pero podía haberme dado afecto y ternura en lugar de tratarme como a una más de sus conquistas.

No había sido más que un objeto. Para Rafe había sido un puro juego y una vez consiguió lo que quería, su virginidad, pasó a la siguiente virgen. La misma semana.

Megan.

Solo que ninguna de las dos sabía que la otra existiera. O que hubiera otras.

–¿Querías respeto?

–Y honestidad.

Megan y ella lo habían descubierto una noche, charlando en una fiesta, y se habían hecho amigas al instante. Era lo único positivo que había sacado de una situación humillante que había conducido a MujerAlerta.

–Así que la honestidad te parece importante –dijo Ethan con una nueva intensidad en la mirada.

–Es esencial.

Como la confianza. Sin la una ni la otra, no era posible tener una verdadera relación.

–Sin embargo, tú no eres honesta –dijo Ethan en tono acusador–. Te ocultas tras una página web, tras tu estatura, tras tus grandes ojos. Como si fueras un ser frágil que no tiene control sobre las circunstancias que la rodean.

Nadia miró a Ethan atónita. No tenía razón.

–Eso no es verdad –ella no soportaba a la gente que la considera débil por ser menuda. Y se pasaba la vida demostrando que no lo era–. Fui engañada, pero admito mi responsabilidad y mi estupidez.

–Por eso no vas a volver a ser estúpida y el blog es tu manera de demostrarlo.

Nadia bebió más vino para disimular lo alterada que estaba. Ethan hacía que sonara sencillo, pero no lo era. Tomó aire y el oxígeno intensificó el sabor del vino.

–Háblame del trabajo en Hammond. ¿Es tan interesante como dicen? –Ethan cambió de tema y, suavizando el tono. Nadia se dio cuenta de que estaba siguiendo su plan: «Deja que comparta sus ideas». ¿De verdad creía que animándola a hablar de sí misma iba a gustarle más? ¡Qué equivocado estaba!

–No está mal. ¿Y tu trabajo? ¿Te gusta?

Si conseguía que hablara, averiguaría sus debilidades y las utilizaría. ¿No eran esas las reglas de Ethan?

–No está mal –dijo él, repitiendo su respuesta.

Nadia lo miró y vio que la observaba con ojos refulgentes. Como en otras ocasiones, sintió que el espacio se empequeñecía. Se sentía flotar por el azúcar, el calor, el vino. No por la compañía. Sacudió la cabeza para despejar la mente. Ethan rompió la intensidad del instante llamando al camarero para que les llevara la cuenta.

–Es hora de que nos vayamos.

El recorrido en taxi fue menos tenso que el de la ida. Nadia seguía sintiendo el corazón de Ethan latir contra su mano, y el suyo palpitaba acelerado. Estaba ansiosa por rechazarlo cuando Ethan intentara darle un beso de despedida.

Él estaba callado y pensativo. Nadia se volvió a mirarlo y él le sonrió. Fue como recibir una ducha de agua fría. Lo miró de nuevo. El deseo y el calor que había visto en sus ojos habían desaparecido. Ni su vestido, ni su sonrisa, ni sus ojos habían causado el menor efecto. En aquel momento, parecía más divertido que fascinado por ella. Nadia se inclinó un poco hacia él aprovechando una curva, pero no pasó nada. Incluso notó que Ethan se separaba levemente de ella. ¿Qué pasaba? ¿Dónde estaba el «mejor sexo» del que hablaban otras mujeres?

Cuando el taxi se detuvo, Ethan bajó tras pagar. Al ver que Nadia lo miraba con sorpresa, dijo:

–Te acompaño a la puerta y me voy a casa caminando.

–No voy a invitarte a un café –dijo ella, ofendida por su impersonal amabilidad.

–Ni lo pretendo –dijo él con total indiferencia.

Nadia se enfureció al constatar que no tenía el

menor interés en ella. ¿Cómo era posible, si se suponía que no había mujer a la que no intentara seducir? Ethan le posó la mano en la espalda en el camino de acceso a la casa, y Nadia se enfureció aún más al sentir de nuevo una descarga eléctrica con aquel leve tacto. Pero, afortunadamente, también sintió que, muy sutilmente, él le acariciaba con el pulgar.

Al instante, su enfado se transformó en satisfacción. Ethan no podía evitarlo y terminaría por hacer alguno de sus gestos de aproximación. Caminó lentamente, sonriendo para sí al imaginar el momento en el que lo rechazaría. Sería decidida pero coqueta, para que creyera que lo conseguiría en la segunda cita. Era realmente alto; en la penumbra podía percibir que la miraba y sonreía, pero también se dio cuenta de que su expresión no era tanto seductora como socarrona, y Nadia volvió a perder el aplomo.

–Gracias por una velada muy interesante –dijo él con ironía.

Efectivamente, parecía divertirse a su costa. No iba a intentar besarla ni nada parecido. Nada. Nadia se sintió súbitamente ofendida.

–Nos vemos el domingo –dijo él a modo de despedida.

Justo cuando iba a darse la vuelta, Nadia lo sujetó por la camisa, se puso de puntillas y apretó los labios contra los de él.

Ethan se quedó paralizado. No se separó, pero tampoco reaccionó. Así que Nadia le pasó la lengua por el labio inferior. Consiguió solo una mínima reacción. Entonces ella retrocedió, consciente de que había cometido un error.

–¿A qué ha venido eso? –preguntó él.

–Pura curiosidad –dijo ella con fingida indiferencia–. Quería saber si eras tan increíble como dicen.

–¿Y cuál es el veredicto? –preguntó él, aproximándose.

–Que no es para tanto.

–Creía que uno de tus consejos era no ser provocativa.

–¿Estás jugando con mis reglas?

–¿Y tú creías jugar con las mías? –Ethan se echó a reír–. Se ve que no tienes ni idea.

–No seas paternalista conmigo.

–Cariño, no puedes lanzarte y meterle la lengua en la garganta a un hombre.

Nadia estaba mortificada, pero ocultó su sentimiento de humillación tras la incredulidad.

–¿Pretendes darme consejos sobre cómo besar?

–Más bien una pequeña lección de seducción –Ethan dio un paso hacia ella–. Creo que la necesitas.

Nadia intentó apartarlo de sí, pero era como pretender mover una montaña. Sus dedos se asieron instintivamente a la tela de su camisa.

–Para empezar, Nadia, debes saber que menos es más.

–¿Ah, sí? –dijo ella, alzando la barbilla con gesto altanero.

Ethan se inclinó hacia ella y apoyó las manos en la pared que quedaba a su espalda.

–La expectación lo es todo, ¿no lo sabías? –le susurró al oído.

–Solo si la realidad es una desilusión –dijo ella con sarcasmo.

–Te equivocas –Ethan sonrió–. Hay que vivir cada instante –se inclinó aún más–. Es mucho más divertido –se detuvo con sus labios a unos milímetros de los de Nadia–. Empiezas con suaves y breves caricias.

Sus labios rozaron los de ella una sola vez. Cuando Nadia iba a protestar, lo repitió. Una y otra vez. No eran besos profundos y ansiosos, sino caricias sensuales que hicieron abrir los labios a Nadia sin tan siquiera ser consciente de que lo hacía. Y entonces, ya no pudo pensar, solo quería más. Y se acercó para conseguirlo.

Pero Ethan siguió besándola con delicadeza, retirándose cuando ella se aproximaba.

–No, no –dijo en tono de broma–. Sigues así hasta que ella te suplica.

Con una mano le acarició el cuello.

–Continúas tocando, acariciando, hasta que ella solo puede pensar que quiere más –puntuó cada palabra con un beso, salpicando su barbilla, sus mejillas, antes de volver a sus labios. Nadia, que tenía la mente en blanco tal y como él había anticipado, fue vagamente consciente de hasta qué punto llegaba su capacidad de seducción. Ethan resultaba hipnótico, le nublaba la mente, la imantaba hacia él. No sabía cómo reaccionar. No quería que parara, pero tampoco quería ser un juguete en sus manos. Y de pronto se dio cuenta de que él mismo le había dado la clave para seducirlo: con toques suaves y provocativos.

Estiró las manos y deslizó los dedos suavemente por su musculoso abdomen, luego abrió las palmas sobre sus pezones y los notó endurecerse. Entonces comenzó a besarlo, mordisqueando sus labios, presionando sus labios contra su mentón.

Se dio cuenta de que Ethan se había quedado paralizado. Mantenía una mano apoyada en la pared y con la otra le sujetaba la nuca, pero había dejado de besarla. Por un instante temió que fuera a rechazarla de nuevo. Pero entonces oyó que la respiración se le alteraba y el cuerpo se le agarrotaba; notó la tensión que le causaba el esfuerzo de contenerse.

Nadia sonrió y movió sus manos en círculos a la vez que continuaba besándolo, aunque torturarlo la torturara a ella.

Ethan puso fin a su venganza sujetándole las manos y retirándoselas tras la espalda. La súbita maniobra puso sus torsos en contacto. Nadia sintió una explosión de sensaciones e, instintivamente, se arqueó contra él. Ethan inclinó la cabeza y la besó apasionadamente. Nadia sintió el cuello estirársele hacia atrás con la fuerza de su empuje. Ethan le metió la lengua en la boca con movimientos profundos y acompasados. Nadia se la succionó y oyó gemir a Ethan, sintió cómo se cargaba de deseo. Con una fuerza increíble, él la alzó, apoyándola en la pared de manera que sus pechos, sus pelvis, sus bocas, quedaron a la misma altura.

En lugar de mecerse contra ella, presionó sus caderas con fuerza contra ella, clavándola y haciéndole sentir toda la longitud de su sexo. Nadia sentía los sentidos vivificados, clamando por un respiro al tiempo que pedían más. Más piel, más calor. Lo besó con tanta furia como él a ella, con rabia, sin contención. La fuerza de sus pasiones se retroalimentó, provocando una hoguera asfixiante, abrasadora. Nadia temblaba de deseo, se aferraba a Ethan como si quisiera acoplarse a él, pero como le mantenía las manos sujetas se asió a su boca y luego a sus piernas. Enlazó una de ellas a su cintura para abrirse más a él y, por un instante, al sentirlo aún más pegado, se sintió en el cielo. Pero Ethan separó su boca de la de ella bruscamente. Con la respiración jadeante, le asió las manos con tanta fuerza que le hizo daño.

–No pienso ponértelo tan fácil, cariño –dijo, respirando entrecortadamente.

Era una tortura. Era el paraíso. Con cada jadeo, el pecho de Ethan rozaba los endurecidos pezones de Nadia.

–Podría seguir adelante aquí y ahora, llevarte a la cama y terminar. Pero, ¿por qué iba a hacerlo? –Ethan estaba furioso–. Por la mañana, te habrías arrepentido. Te sentirías usada una vez más. Me etiquetarías como a un seductor. Cuando lo cierto es que has empezado tú. Y soy yo quien lo termina.

Nadia sentía todo su cuerpo palpitar. Lenta, dolorosamente, bajó la pierna. Estaba tan sensibilizada que notaba la sangre bombear por sus venas. Ethan la soltó y dio un paso atrás. Ella no podía mirarlo a los ojos, así que fijó la mirada en las manos de Ethan, apretadas en puños a ambos lados del cuerpo.

–No pienso aprovecharme de una mujer que ha bebido demasiado.

–Yo no he… –Nadia calló bruscamente.

Que Ethan pensara que su comportamiento se debía al alcohol le servía de perfecta excusa. Quizá era verdad que estaba un poco ebria. Haber cenado solo dulce y vino… Ese debía ser el problema. Y lo cierto era que prefería que pensara que era así de fácil porque estaba borracha.

Los remordimientos la asaltaron. Había estado a punto de convertirse en la última conquista de Ethan. A punto. Y él tenía razón, había sido ella la que lo había empezado. Él había intentado evitarlo, pero ella lo había provocado conscientemente, porque creía que podría controlarlo. ¡Qué equivocada había estado!

Ethan la observaba atentamente, como si le leyera el pensamiento.

–¿Quieres justificarlo por el vino, Nadia? ¿Te resulta más conveniente?

Lo habría sido, pero Nadia sabía que no era verdad. Había deseado a Ethan desde que lo había visto aquella noche. Y aunque no le gustara como persona, seguía deseándolo. Las hormonas no pensaban, solo reaccionaban.

–Quiero que te vayas.

Ethan sacudió la cabeza.

–Has dicho que eras honesta, así que admite que te atraigo tanto como tú a mí.

Nadia no contestó. No podía. Era verdad. Había algo en Ethan que le despertaba el deseo. Pero para él la situación no tenía nada de especial. No había hecho ademán de besarla, solo lo había hecho cuando ella lo había iniciado. Se había ofrecido en bandeja. ¡Era tan humillante!

Pero de pronto, Ethan dio un paso adelante y la aprisionó contra la pared.

–Sabes que es verdad –le dijo al oído con rabia–. Y ahora la expectación es aún mayor, ¿a que sí? Porque has descubierto cómo es, lo bien que estaríamos –agachó la cabeza hasta casi rozar con sus labios los de ella–. Vas a permanecer despierta en la cama y solo podrás pensar en cuánto me deseas. Pensarás en todo lo que quieres que te haga, y lo que quieres hacerme tú a mí.

–Exacto, sé perfectamente lo que quiero hacerte –dijo Nadia, irguiéndose y empujándolo.

Acababa de recuperar la cordura. Ethan era el hombre más arrogante de la Tierra, y estaba furiosa consigo misma por haber caído en su trampa, por sentirse halagada de que la deseara cuando no era ningún cumplido. No era a ella a quien deseaba, sino a cualquier mujer. Con la diferencia de que ella se lo había puesto aún más fácil.

–No es conmigo con quien debes enfurecerte –dijo él, interpretando su enfado erróneamente. Dio un paso atrás–. No olvides, Nadia, que he sido un perfecto caballero.

Nadia entró precipitadamente y cerró la puerta con brusquedad, girando la llave con rabia. Aun así, pudo oír la risa de Ethan mientras se alejaba.

Capítulo Cuatro

Nadia bebió varios vasos de agua helada, pero no logró que le bajara la temperatura. Dejó caer el vaso en el fregadero con manos temblorosas y ni se inmutó cuando se hizo añicos. Estaba furiosa consigo misma, y decidida a que Ethan pagara por haber jugado con ella. Fue con paso firme hasta el ordenador, se conectó a MujerAlerta y empezó a escribir sin pensar.

Tal y como habéis leído aquí y en su blog, DonTresCitas me ha retado a tener tres encuentros para demostrar que no es el despreciable tipo del que habéis escrito. ¿No os parece una idea interesante? ¿Qué nos dice del hombre en sí? Que su arrogancia no tiene límites. Está tan seguro de su magnetismo que tiene la certeza de poder conquistarme con tres citas.

Pero he decidido ser justa y darle una oportunidad. Y esto es lo que ha pasado en la primera. Como sabemos por su nuevo blog, ChicosAvispados, piensa que una película es la mejor opción, lo que demuestra que, aunque le gusta que las mujeres «compartan» con él, no las escucha.

Así que seleccioné una aburrida película extranjera que duraba tres horas porque me negaba a proporcionarle

51

el gusto de elegir una «comedia romántica con final fe-
liz». En realidad mi cine favorito es el de terror, me gusta
la adrenalina. Pero, ¿por qué iba a decírselo? ¿No debe-
ría averiguarlo él?

Así que, la primera lección, DonTresCitas, es: no nos
encasilles. Cada mujer tiene gustos diferentes. ¿Y sabes
una cosa? Tú no eres mi tipo. No voy a negar que seas
guapo, pero acierto a ver nada interesante bajo la super-
ficie. Chicas, esto es lo que he descubierto sobre él en este
primer encuentro:

DonTresCitas es de los que te rellena la copa de vino
cuando estás distraída.

DonTresCitas cree que todo el esfuerzo que tiene que
hacer es llevarte a un restaurante exclusivo.

DonTresCitas elude cualquier pregunta personal como
si temiera dar armas al enemigo, que es como ve a las muje-
res. Solo le interesa la caza, y nosotras somos la presa.

Como veis, hasta el momento solo ha conseguido con-
firmar su reputación. Si quiere demostrar lo contrario, la
pelota está en su tejado. Pero este consejo va para él: es-
fuérzate más.

Ethan leyó la entrada del blog que Nadia había
escrito para cuando llegó a su casa sin haberse li-
brado de la tensión que le agarrotaba los músculos
a pesar de haber caminado enérgicamente. De un
trago, bebió un whisky que le quemó la garganta,
pero no tanto como lo que acababa de leer.

¿Qué culpa tenía él de que Nadia tuviera más
sed que un pez? ¿Y los besos? De eso no decía
nada. Porque no era capaz de enfrentarse a la realidad, ni asumir la responsabilidad de sus actos.

Pero él se ocuparía de que lo hiciera. Lo que le había pasado con su ex no convertía a todos los hombres en manipuladores. Y no veía nada de malo en ir a un buen restaurante. No se merecía aquel trato, y menos cuando Nadia se saltaba la mitad más importante de la cita. Abrió el blog y empezó a escribir cegado por la furia.

MaduraEscarmentada y yo hemos tenido nuestra primera cita. No ha querido pizza, ni ir a ver una comedia romántica. A cambio, ha fingido estar ansiosa por ver una de esas películas con subtítulos que duran una eternidad. Afortunadamente, no me ha parecido tan mala, mientras que ella se ha aburrido tanto que no ha parado de moverse en la butaca. Y, sorpresa, sorpresa, ya ha escrito sobre la cita en su blog. Por lo visto le gusta el terror… No me extraña.

Como la película era en francés, la transición a un restaurante de lujo de la misma nacionalidad ha sido perfecta. He mandado un mensaje desde el cine para reservar mesa. Lección que debéis aprender, chicos: estad siempre preparados para adaptar vuestros planes.

Sigo recomendando una comedia. Las pelis de terror son para cobardes que no se atreven a enfrentarse a sus propios demonios y que pretenden vivirlos a través de otros.

Volviendo al tema restaurante, por lo que dice, no parece muy impresionada. Pero os aseguro que «orgasmeó» con dos postres. O quizá estaba fingiendo.

Lo más interesante de todo: si leéis su entrada «Qué no hacer en una primera cita», veréis que incluye cinco normas. ¿Cuántas creéis que ha incumplido? Efectivamente, las cinco.

Ha ido al cine, ha bebido –por cierto, ella ha pedido que le rellenara la copa–. Claramente ha hecho un esfuerzo sobrehumano para no pasarlo bien, pero ha fracasado.

Sé que os preguntáis por la parte de no resultar «abiertamente provocativa». Bien, si dar el primer paso en la primera cita puede ser considerado así, también ha infringido esa regla.

Pero permitid que os aclare algo, un caballero siempre acompaña a una mujer a la puerta. Un caballero jamás se aprovecha de la indiscreción de una mujer. Un caballero no besa y luego lo cuenta.

Doña MaduraEscarmentada sin embargo... ¿lo cuenta? La verdad, no. ¿Y por qué iba a hacerlo cuando puede atacarme desde el anonimato de su identidad online? Yo soy difamado con nombre y apellido mientras que Doña AmargaRetorcida, perdón, MaduraEscarmentada, oculta su identidad. ¿No os parece injusto?

¿Voy a ganarle? Sé que confiáis en que lo haga. He hecho una promesa y, al contrario de lo creen algunas, yo cumplo mis promesas.

También estoy seguro de que os preguntáis si Doña MaduraEscarmentada responde a su nombre, y voy a deciros algo, sobre todo a las mujeres que la siguen: yo no haría demasiado caso a una mujer que es demasiado joven para haber vivido lo suficiente.

Nadia tardó diez minutos en leer la entrada porque la ira le nublaba la vista. Ethan estaba dispuesto a destrozarla. La situación era insoportable. Tiró del cable del ordenador con fuerza para desconectarlo. Luego fue a la ducha con paso firme.

El agua helada no logró refrescar la sangre que le ardía en las venas. Ethan la había ganado en todos los frentes. Y lo peor era que casi todo lo que había escrito era verdad. ¿A qué se referiría con la «indiscreción» de la que no se había aprovechado? ¿Al vino, a que había sido ella quien se había lanzado? Encima, habían bastado tres minutos en sus brazos para prácticamente suplicarle que abusara de ella, que se aprovechara sin reparo.

Había sido él quien la había detenido, quien había dicho que no. El estúpido plan de ser la primera mujer que lo rechazara se había ido por la alcantarilla con una sola mirada de Ethan.

Nadia lloró de rabia porque de pronto tuvo la certeza de que no podría ganar aquella guerra cuando en realidad deseaba a Ethan más de lo que había deseado a ningún hombre en toda su vida. Su mera proximidad le hacía arder, despertaba su deseo. Y la única manera de combatir ese efecto era evitar volver a verlo. Tenía que romper el acuerdo si quería preservar la dignidad y la cordura.

Retiraría la entrada sobre Ethan por más que le costara. Nada podía ser más humillante que sentir un anhelo tan intenso por él como para temblar de los pies a la cabeza.

Ethan pasó la noche prácticamente en vela, reviviendo la cita, planeando la siguiente y riendo al imaginar la reacción de Nadia al leer su blog. Debía estar furiosa, y él estaba ansioso por recibir sus improperios.

Se había sentido atraído por ella en cuanto la vio. Y cuando le abrió la puerta de su casa le pasó algo que no le había sucedido nunca: se había quedado sin habla. Aunque ella le había recriminado por piropearla, en realidad, el impacto de verla le había hecho perder parte de su habitual elocuencia.

Había sido sincero al decirle que preferiría no encontrarla atractiva. Una atracción que no había hecho sino aumentar. Era preciosa, incluso cuando se hacía la ingenua y él miraba con aquellos ojos grandes, mordisqueándose el labio. La forma en que había disfrutado de los postres no había tenido nada de fingida. Y él había gozado observándola. Le había permitido atisbar cómo sería verla sucumbir al placer intenso. Quería ser él quien la arrastrara a ese punto.

Pero no le había quedado otra opción que dar un paso atrás. Era evidente que no acostumbraba a beber y que había tomado más vino de lo habitual porque estaba nerviosa. Saber que él era la causa de ese estado le resultaba halagador. Pero no estaba dispuesto a aprovecharse de una mujer en un momento de debilidad. Estaba claro que Nadia no sabía cómo controlar las chispas que saltaban entre ellos. Tampoco él... por el momento.

Claro que tampoco había esperado que fuera de nuevo imprevisible y tomara la iniciativa, besándolo. Casi había caído de rodillas para suplicarle que siguiera pasándole la lengua por todo el cuerpo. Por eso había tenido que recurrir a los besos de mariposa.

Aun así, había estado a punto de perder el control allí mismo, en la puerta de su casa. Pero no era lo que quería. Necesitaba una cama y mucho tiempo por delante; y que Nadia aceptara que era un juego, sin complicaciones.

Todo era nuevo para él, que solía averiguar lo menos posible de sus compañeras de cama. Así era como le gustaba pensar en ellas. Mantenía las relaciones a un nivel superficial y divertido, y luego se despedía amablemente. ¿Cómo no iban a complicarse las cosas si había desde el principio tanta desconfianza y antagonismo entre ellos?

Pero el impulso de poseerla y de conseguir que admitiera que lo deseaba superaba las señales de alarma que le enviaba su cerebro. Doña Madura-Escarmentada tenía pasión y energía, y él quería destaparlas. Quería oírle gemir, gritar y suplicarle, que le dijera que lo deseaba tanto como él a ella, que dejara de negarlo.

Se levantó con la primera luz del día y se dio una ducha helada para intentar relajar la erección que le había torturado toda la noche; luego fue a trabajar e intentó concentrarse, pero fue en vano.

Finalmente, tomó el teléfono y leyó en el ordenador los primeros comentarios de sus amigos, a cual más vulgar. Respiró hondo sintiéndose incómodo con algunas de las sugerencias, o mejor, con que fueran públicas. Uno de los comentarios era realmente grosero y, por primera vez, se alegró de que Nadia se ocultara tras una identidad falsa en la blogosfera. Apartó la mirada de la pantalla mientras esperaba a que Nadia contestara.

–Seguros Hammond. Nadia al habla.

Ethan apretó el teléfono al oír su tono áspero.

–Buenos días –dijo sabiendo que no era necesario identificarse. Decidió provocarla–. ¿Qué tal tienes la cabeza?

A él le dolía tanto como el resto del cuerpo por el esfuerzo de contención había hecho la noche anterior.

–No voy a volver a salir contigo.

Aunque lo esperaba, Ethan se tensó.

–Eres una cobarde –dijo con dulzura.

–No, solo es una pérdida de tiempo –contestó ella, airada–. Eres tan monstruoso como te han descrito.

–No es verdad –Ethan se acomodó en su asiento, sonriendo ante la determinación de Nadia de resistirse al reto–. Si de verdad fuera un abusador, habría aceptado todo lo que me ofreciste anoche. Admítelo, Nadia, me lo ofreciste todo. Sin embargo, yo fui todo un caballero. ¿No debería ganar algún punto por ello?

–Eres el demonio en persona –dijo Nadia con una frialdad que a duras penas contenía el volcán en erupción de su interior–. Se acabó.

–¿Vas a identificarte? ¿Vas a cancelar el blog?

–Voy a retirar tu entrada. Por lo demás, haz lo que quieras. Me da lo mismo.

–¿Vas a arriesgar tu trabajo?

A Ethan le costaba creer que fuera a darse por vencida con tanta facilidad.

–¿Tal es tu deseo de venganza que estarías dispuesto a denunciarme?

Ethan se tensó. Era un órdago, y en el fondo no quería que Nadia perdiera su empleo, así que buscó otro ángulo para convencerla.

–Tu blog es muy importante para ti. ¿Has visto el número de visitas y de comentarios que has recibido?

Nadia ocultó el rostro en la mano y cerró los ojos como si con ello pudiera aislarse de la seductora voz de Ethan.

–¿Nadia?

Bastaba la forma en que decía su nombre para que se derritiera. Quizá llevaba demasiado tiempo de abstinencia. O por la promesa del «mejor sexo posible». O tal vez solo era algo hormonal.

–¿Lo has visto? –insistió Ethan.

–No.

Por primera vez en años, Nadia no había mirado el ordenador. Solo el personal de Recursos Humanos podía entrar en las redes sociales para estudiar el perfil de los candidatos. No contrataban a nadie que actuara irresponsablemente o que hablara demasiado. Miró por encima del hombro para asegurarse de que nadie podía ver su pantalla y escribió su URL. Contuvo una exclamación al ver que, efectivamente, había cientos de comentarios. Leyó los primeros y se quedó helada.

–¿No era eso lo que querías, Nadia, sentirte importante, ser popular, tener cientos de mensajes?

No necesariamente. Y no todos los mensajes eran bienvenidos. Los había despectivos y crueles. Nadia sintió que le picaban los ojos y parpadeó para contener las lágrimas.

—Te odio —dijo, sin poder disimular su abatimiento.

—¿Verdad que no te gusta? —dijo Ethan con voz sensual—. Pero tienes que reconocer que todo este tráfico va a contribuir a visibilizar tu página.

En lugar de contestar, Nadia pasó a su MujerAlerta y vio que también había numerosos comentarios, mucho más amables, dándole ánimo. Respiró.

—¿Ves como no se ha acabado, Nadia? —prácticamente ronroneó Ethan—. Ya no podemos echarnos atrás. Estoy deseando saber qué tienes planeado para nuestra cita de día.

¿Ah sí? Nadia sonrió, con la confianza súbitamente recuperada gracias a los animosos «a por él» y «me encanta tu blog».

—No quiero volver a verte —dijo, mintiéndose a sí misma y a Ethan.

A la vez, escribió una respuesta debajo de los mensajes machistas: ¡Qué típico, solo sabéis pensar con la braga!

—Sabes que no te queda otra opción, que estás deseándolo.

Nadia se quedó paralizada porque Ethan tenía razón.

—En tres días sabré cómo bajarte los humos.

—¿Y entre tanto?

—Bésame el culo.

—Si me lo pides amablemente, puede que lo haga.

Nadia respondió de la única manera posible: colgando.

Capítulo Cinco

MujerAlerta:
Avanzando hacia la segunda y la tercera cita…
Quedar de día es la mejor manera de evitar la presión que producen las expectativas románticas de la noche, y es una buena opción para los primeros encuentros.
Aquí tenéis algunas sugerencias:
Ir de picnic a un parque.
Un paseo por el jardín botánico o el zoo.
Una visita a un museo.
Un paseo por la playa.
Remar en una barca del parque o un paintball, si quieres algo más aventurero. Pero ten cuidado y no elijas algo en lo que uno de los dos sea un experto y el otro un novato. A nadie le gusta hacer el ridículo.
Para terminar, aunque tengas la tentación de ver qué tal se lleva con tus amigos, no te precipites. Puede resultar intimidatorio estar entre desconocidos, sabiendo que te están evaluando. ¡Y ni se te ocurra presentárselo a tu familia demasiado pronto!

Ethan leyó la lista preguntándose qué consejos se saltaría Nadia en su siguiente cita. Estaba encantado con una cita a plena luz del sol, donde no podría atribuir al vino la química que había entre ellos.

Con un suspiro, pasó a su estúpido blog, en el que habría preferido no escribir. Seguía recibiendo mensajes y comprendía el efecto estimulante que tenía que tanta gente estuviera pendiente de lo que uno dijera. Pero no tenía la menor intención de convertirse en un narcisista como su padre.

Escribió:

Rematando la faena en la segunda cita.

Chicos, tengo que tener cuidado, porque sabemos que MaduraEscarmentada me está leyendo, y no quiero darle demasiadas pistas.

En realidad no había pensado ninguna estrategia y tendría que improvisar.

Sí os puedo contar que ha sido ella quien ha elegido que sea una cita de día. Supongo que así espera evitar el «remate».

Pero eso es porque cree que me refería a algo físico, cuando a lo que yo me refiero es a conquistar su interés. Si la intrigas, terminará dándote todo lo que quieras.

¿Cómo conquistar su interés? Despertando su curiosidad. Dale un poco de misterio, un poco de «hombre torturado», y hazle creer que solo ella puede desvelar lo que se oculta tras la fachada.

Ethan estaba en lo cierto: Nadia no consiguió conciliar el sueño. No podía dejar de pensar en él y en todo lo que le haría si no fuera una mujer sensata. Ethan se había convertido en una obsesión.

Ser obsesiva e intentar alcanzar sus objetivos era una de sus características. Algunas metas eran buenas; otras, como Ethan Rush, eran peligrosas. ¿Podía correr el riesgo? Se reclinó en el respaldo y se quedó mirando en la pantalla su provocadora entrada, mientras en sus oídos resonaban sus palabras «vivir el momento», «cobarde».

Ethan no necesitaba hacerse el misterioso para despertar su interés, porque ya lo tenía. Jugaba con la ventaja de un físico espectacular y de un encanto practicado a lo largo de los años. Y era, evidentemente, muy listo. Eso siempre le había gustado en los hombres. Pero su interés no estaba en descubrir al verdadero Ethan, se dijo con una sonrisa escéptica, ella solo quería devorarlo.

Sin embargo, era una cobarde. ¿Qué temía? ¿Que le rompiera el corazón? Casi soltó una carcajada. ¡Como si con Ethan Rush lo pusiera en riesgo!

Súbitamente se dio cuenta de que desde el principio había visto la situación desde el ángulo equivocado, temiendo ser utilizada, resistiéndose a ser su siguiente conquista. Pero no tenía por qué ser una víctima pasiva. Nada le impedía tomar la iniciativa, controlar la situación, vivir el momento, ser quien mandara.

No se trataba de las muescas que Ethan fuera haciendo en su cama. ¿Por qué no podía ella hacer una que le recordara el mejor sexo posible? ¿Por qué no podía disfrutar de la euforia que le causaba Ethan?

Lo deseaba y no había nada malo en ello. Y Ethan estaba interesado, de eso no cabía duda. Ella, como él, solo quería sexo, no una relación. No debía perder ese punto de vista. Las intenciones de Rafe no habían sido honestas. Con él había esperado algo más; con Ethan solo quería que le hiciera sentir, aprovecharse de su experiencia.

¿Acaso no se merecía disfrutar de ese tipo de pasión animal que despertaba en ella? ¿Por qué no podía ser ella quien lo usara a él? Después de todo, Ethan no era lo bastante sensible como para sentirse herido. Y ella no tenía por qué sufrir si olvidaba los finales felices y se concentraba en el presente.

Rio para sí al darse cuenta de cómo era capaz de manipular sus propios pensamientos para llegar a la conclusión que quería. Pero se merecía un poco de diversión, y cuando la tuviera, la burbuja obsesiva habría estallado.

En cuanto al objetivo inicial de enseñar una lección a Ethan… Tendría que pensar cómo llevarlo a cabo. El problema inmediato era conseguir que Ethan dejara de controlarse, y a ella le correspondía boicotear su misión de resultar un caballero. Debía lograr que sus instintos físicos vencieran sus buenas intenciones intelectuales. Tenía que provocarlo para que pasara a la acción.

El sábado por la mañana, Ethan contestó el teléfono de inmediato al ver quien llamaba.

–Hola, cariño. ¿Lista para la segunda cita?

–Puede que lo esté para mañana.

Ethan sintió que se le endurecía el sexo al oírla

ronronear. Se desperezó en la cama a la vez que ella seguía hablando con la misma sensualidad.

–He visto que va a hacer buen tiempo, así que podríamos quedar en Hyde Park, al lado del estanque.

–¿De día y en un parque público? –dijo él con sorna–. Cobarde.

–No creas –tras una pausa, Nadia añadió–. Ven vestido para un poco de acción.

–¿Para qué tipo de acción? –preguntó Ethan sin poder impedir que su cuerpo reaccionara de nuevo con el posible doble sentido.

–Algo con lo que estés cómodo.

–De cuerdo.

Ethan tuvo que respirar profundamente. Debía levantarse y librarse de la energía que tenía acumulada.

Esperó con ansiedad a la cita del día siguiente y tuvo que reprimir el impulso de llegar al parque corriendo. El sol le calentaba la espalda mientras contemplaba a las masas pasearse con helados. Habría querido echarlos a todos para estar a solas con Nadia.

Se paseó alrededor del estanque, preguntándose si iba a dejarlo plantado. Solo pensarlo se puso en tensión y se dijo que se lo haría pagar.

Un rumor mecánico a su espalda le hizo volverse, a la vez que algo chocaba contra él. Un cuerpo liviano. Y caliente. Ethan alzó las manos para sujetarla. Nadia sonrió y lo miró a los ojos.

–Siento llegar tarde.

Ethan mantuvo las manos en su cintura.

–No pasa nada.

La encontró más alta que de costumbre. Bajó la mirada y vio que llevaba patines. Pero en lugar de la indumentaria sexy que esa idea invocó en su mente, vio que llevaba unas mallas negras y una sencilla camiseta. ¡Esa era la acción a la que se refería!

–Muchas gracias por haberte esforzado tanto –dijo con sarcasmo–. ¿Este es el plan que has organizado? ¿Patinar en el parque?

–¿No te parece una buena ida? –preguntó ella con fingida inocencia.

–Bueeeno –arrancó Ethan, sin soltarla–. Según tú, no está bien elegir un plan en el que uno de los dos es novato.

–Pero tú me has dicho que no debía vivir constreñida por las reglas –Nadia le dedicó uno de sus parpadeos de chica inocente–. Me limito a seguir tus consejos.

–Eres una bruja.

Nadia sonrió abiertamente.

–¿No será que eres un cobarde?

Ethan la soltó y, mascullando, fue hacia un puesto en el que alquilaban patines.

–Seguro que no tienen de mi talla.

Nadia lo siguió.

–Seguro que sí.

–Tengo pies grandes.

Nadia bajó la vista y, al ver que se ruborizaba, Ethan supo que se estaba preguntando si se corresponderían con otras partes de su cuerpo. La respuesta era que sí.

–¡Qué lástima! –dijo Nadia, sarcástica–. ¿Qué piensas hacer?

Ethan sonrió.

–Mi piso está aquí al lado y tengo una bicicleta. Puedo a ir a por ella y pedalear a tu lado mientras tú patinas. Luego, podemos tomarnos un helado en la hierba.

–Muy bien –dijo Nadia.

Ethan la siguió mientras Nadia, cuando le tomaba demasiada ventaja, volvía hacia atrás. Entre tanto, él disfrutaba de la vista de su trasero y de sus muslos, cuyos músculos se marcaban con cada paso. Aunque estaba delgada, tenía curvas. Y el rubor que iba tiñendo sus mejillas ponía un brillo chispeante en sus ojos.

–¿Patinas mucho? –preguntó.

–Todos los días para ir a trabajar.

Ethan se paró bruscamente, atónito, y esperó a que Nadia volviera.

–¿Vas patinando al trabajo?

–Sí. Son solo cuarenta minutos.

–¿En las calles contaminadas de Londres y cruzando el parque? ¿A qué hora sales por la mañana?

–Sobre las siete. Me ducho y desayuno en la oficina.

–¡Pero si es de noche! ¡Es peligroso! ¡Podrían asaltarte!

Nadia miró a Ethan como si se hubiera vuelto loco y, patinando hacia él, dijo con picardía:

–Lo dudo, Ethan. Sobre ruedas soy muy rápida.

–¿De verdad? –dijo Ethan, que no pensaba dejar que lo distrajera con su tono coqueto.

Nadia lo miró con soberbia.

–En mi experiencia hay dos tipos de hombres, los depredadores y los protectores. Nunca pensé que cayeras en la segunda categoría –le posó la mano delicadamente en el pecho–. Te aseguro que no necesito un protector.

–¿Prefieres ser cazada? –preguntó él, fracasando en su intento de evitar las insinuaciones–. ¿Estás segura?

–Lo que no quiero es alguien que piense que, por ser menuda, necesito un guardaespaldas para salir a la calle.

–¿Crees que podrías escapar de alguien como yo?

–Desde luego que sí –dijo Nadia con un ronroneo tras el que Ethan adivinó las garras.

–Demuéstramelo. Dame unos pasos de ventaja y luego pasa a mi aldo. A ver si eres tan rápida como dices.

La euforia hizo brillar los ojos verdes de Nadia como dos esmeraldas.

Ethan avanzó de espaldas, sin dejar de mirarla, mientras ella esperaba con los brazos en jarras. Lo que no sabía era que Ethan era de los mejores placadores del equipo de rugby de la universidad.

A los veinte pasos, le dio la espalda y caminó aguzando el oído para identificar el rodar de los patines. Cuando por la velocidad y el volumen del sonido supo que Nadia iba a darle alcance, echó a correr, acelerando cuando llegó a su altura. Ethan había calculado que, para mantener la velocidad, Nadia tenía que permanecer en el paseo asfaltado, que era muy estrecho. Así que, cuando intentó adelantarlo, la empujó a un lado al tiempo que la levantaba por la cintura. Con el impulso, dio uno pasos hacia el césped y ambos cayeron al suelo. Completando el placaje, rodó sobre ella y le atrapó una mano entre sus dos cuerpos para inmovilizarla, al tiempo que con una mano le tapaba la boca y con la otra le sujetaba el otro brazo contra la hierba, a la vez ajustaba su posición sobre ella para atrapar sus piernas entre las de él.

Nadia se sacudió bajo su peso y él la sujetó con fuerza.

–¿Ves? –dijo entre dientes, victorioso–. Nadie ha acudido a tu rescate. Es pleno día y te tengo a mi merced. De noche, no tendrías ninguna posibilidad de salvarte.

Notó el estremecimiento que recorrió a Nadia y vio una nueva emoción en sus ojos que no tenía nada que ver con el miedo. Todos sus esfuerzos por contenerse y ahuyentar los pensamientos que se le ocurrían al tenerla tan cerca perdieron sentido. Ya no recordaba qué era lo que pretendía demostrarle. Lo que quería era… pero no iba a hacerlo.

Alzó la mano y la besó con furia, deleitándose con el sabor de su boca, con la exploración de su cueva. Levantó la cabeza y la miró. La camiseta se le había subido un poco y le dejaba a la vista la cintura. Ethan recorrió con los dedos su piel de satén y se animó al oírla contener el aliento. Al ver que no lo rechazaba y que sus ojos lo observaban cargados de deseo, Ethan posó toda la palma en su vientre. Percibió el escalofrío que la recorrió y supo que ardía por dentro. Lentamente, deslizó los dedos por dentro de la cintura de las mallas y fue bajando poco a poco hasta meter los dedos por debajo de las bragas. El cuerpo de Nadia sufrió un espasmo. Ethan se detuvo y respiró profundamente al notar que Nadia mecía las caderas instintivamente hacia su mano. Lo deseaba.

–No creas que es por ti –dijo ella, jadeando, pero, como siempre, desafiante–. El ejercicio siempre me pone caliente.

–Muy caliente –precisó él, continuando su exploración. Estaba caliente y húmeda, y sus caderas se arqueaban para intensificar la caricia.

Nadia se encogió de hombros, pero su mirada delataba que estaba a punto de perder el control.

–Hace que tenga más orgasmos.

–¿Ah sí? –Ethan rio y emitió un cruce entre risa y gemido al tiempo que masajeaba su húmedo interior y usaba el pulgar contra la apuntada cúspide–. ¿Estás cerca?

–To-da-vía no –jadeo ella en un susurro apenas audible.

Ethan aceleró el ritmo y, asombrosamente, eso bastó para que Nadia se arqueara violentamente contra él, cerrara los ojos con fuerza y tuviera un intenso orgasmo, a la vez que ahogaba un gemido entre sus labios.

–¿Acabas de llegar? –preguntó, tan desconcertado que necesitó asegurarse–. Apenas he hecho nada –y estaba tan excitado que temió hacer el ridículo.

–Te he avisado –dijo ella con la respiración entrecortada. Abrió los ojos, pero Ethan no supo interpretar su mirada–. El ejercicio hace que me bombee la sangre.

Ethan quería más de aquel bombeo.

–¿Quieres decir que no he sido yo, sino el ejercicio? –preguntó, apretando los dientes. Nadia se encogió de hombros con desdén y él se echó a reír al darse cuenta de que pretendía imitarlo–. Está bien saberlo. Ahora entiendo a lo que te referías con que eras rápida patinando.

Los ojos de Nadia brillaban con una deliciosa languidez y tenía las mejillas sonrosadas. Con un suave suspiro de satisfacción, susurró:

–Así es.

Ethan no la creyó y la observó para leer cualquier señal. Interpretarla adecuadamente le resultó súbitamente primordial. La lengua humedeciéndose las comisuras, la bajada de párpados. Solo se trataba de un reto.

Retiró la mano de su nuevo escondite favorito a regañadientes y se la llevó a los labios. Luego dejó sentir a Nadia su peso y su sexo en erección, para que comprendiera bien su mensaje.

Ella abrió los ojos desmesuradamente y la respiración se aceleró al instante. Sí, lo deseaba. Y a Ethan le encantó descubrir hasta qué punto.

–¿Crees que vas a darme una lección? –dijo en tono provocativo–. Lo malo es que todavía no estás satisfecha, cariño. Los dos sabemos que esto no ha sido más que el calentamiento.

Capítulo Seis

Nadia no sabía qué quería porque era incapaz de poner sus pensamientos en orden. No quería moverse, pero estaba ansiosa por hacerlo, no quería que Ethan levantase su glorioso cuerpo de encima de ella, pero quería que la llevara a un sitio privado lo antes posible; quería que Ethan estuviera encima, debajo, al lado de ella. Lo deseaba de tantas formas que apenas podía respirar.

Acababa de comprobar que, efectivamente, era un maestro. En parte se debía a la química que había entre ellos, pero por encima de eso estaba su actitud y su experiencia. Tenía derecho a ser un engreído. Y en aquel instante Nadia estaba mucho más interesada en pasar el mejor rato de su vida que en darle una lección.

Ethan debió percibir su cambio de actitud, quizá en la laxitud de su cuerpo o en la ansiedad que debía reflejar su rostro, porque sonrió, se levantó y, sin romper contacto visual con ella, la ayudó a incorporarse.

Nadia caminó torpemente los pasos que los separaban del sendero, con las piernas temblorosas, pero la necesidad de mantener una mínima dignidad le ayudó a recuperar la coordinación, y comenzó a patinar al tiempo que Ethan trotaba a su lado.

–Sigamos con el plan inicial y vayamos por la bicicleta –dijo Ethan como si no hubiera pasado nada.

Nadia se concentró en el camino para que no notara su desilusión. ¿Pasaría a portarse de nuevo como un caballero en lugar de como el granuja que se apoderaba de cualquier cosa que se le antojase? Nadia quería que tomara lo que quisiera, y más concretamente, que la quisiera a ella. Aceleró propulsada por la frustración, esquivando peatones con destreza. Ethan la siguió hasta el exterior del parque.

Ella lo miró de reojo y admiró la gracia natural de su cuerpo, que parecía correr sin hacer el menor esfuerzo. Estaba en forma, especialmente para alguien tan alto como él. Al ver que apretaba los puños hasta el punto de que tenía los nudillos blancos, pensó que quizá estaba más afectado de lo que pretendía aparentar, y el sentimiento de anticipación le produjo una descarga de adrenalina.

Súbitamente, Ethan la tomó del brazo y tiró de ella, de manera que Nadia describió un semicírculo y quedó pegada a él. Entonces Ethan la sujetó por la cintura y murmuró:

–Ya hemos llegado –y, levantándola del suelo, subió con ella los tres escalones que llevaban a la puerta principal. Marcó un código en un panel de números y esta se abrió.

–¿Puedes patinar sobre la moqueta? –preguntó. La empujó suavemente para que rodara.

La puerta se cerró a su espalda. Ethan sacó una llave y fue hacia una de las puertas que daba al descansillo.

–¿Sigues teniendo calor después del ejercicio? –preguntó, insinuante.

Nadia se avergonzó de ser tan mentirosa cuando lo cierto era que estaba en aquel estado desde el beso que se habían dado. Pero aunque hubiera decidido no atacarlo, tampoco estaba dispuesta a alimentarle el ego.

–No lo bastante –dijo con sorna, a la vez que pasaba a su lado y rodaba sobre el suelo de madera de su apartamento.

Oyó cerrarse la puerta y los pasos de Ethan aproximándose. Este la tomó por las caderas y la atrajo hacia sí, rozándole el cuello con su cálido aliento. Ella ladeó la cabeza para facilitarle el acceso, pero los patines se deslizaron hacia adelante. Con un gruñido, Ethan enredó una pierna entre las suyas para inmovilizarla y amoldó su cuerpo al de ella, al tiempo que cubría sus senos con las manos y luego las deslizaba hacia su estómago. Nadia jadeó y se inclinó hacia él, animándolo a continuar su exploración.

–No pensaba hacer esto –susurró él contra su cuello.

–Siempre puedes parar –lo provocó ella, frotando el trasero contra su ingle.

–Sabes que es imposible –con un gemido, la presionó contra sí, haciéndole sentir su sexo–. ¿Estás segura de que puedes aguantar el dolor?

–¿Va a haberlo?

–Normalmente no. Pero hay quien dice que hago sufrir, por eso quiero avisarte.

Divertida con aquella súbita lucidez, Nadia dijo provocativa:

–¿Y qué te hace pensar que la que va a sufrir soy yo?

–Tú eres quien tiene una página web viperina.

–Ya estoy advertida, Ethan. No te preocupes.

Ethan le levantó el borde de la camiseta y ella alzó los brazos para dejar que se la quitara. Cuando la soltó, Nadia rodó hacia adelante y él la empujó suavemente hasta que encontró el tope de un sillón. Él la siguió y se asió a ella con firmeza. Nadia se inclinó hacia adelante para sentir su miembro endurecido contra su sexo, metió la mano en el sujetador, sacó el condón que llevaba escondido y se lo pasó.

–Una mujer que sabe lo que quiere. Nunca dejas de sorprenderme –dijo él con un gemido.

Conteniendo apenas su ansiedad, le bajó lo tirantes del sujetador y los usó como bridas para controlar sus movimientos de vaivén, como si la montara.

–Más fuerte –gimió ella.

Ethan obedeció, apretándole los senos, girando las caderas a un ritmo creciente a la vez que le besaba el cuello y los hombros. Nadia jadeaba, acompasando sus caderas a las de él. Estaba a punto de volver a llegar y Ethan seguía completamente vestido. No era eso lo que quería; lo quería dentro.

Movió las caderas frenéticamente, buscando excitarlo y que estallara. Súbitamente, él la tomó en brazos y retrocedió hacia el vestíbulo, pero Nadia forcejeó con tanta fuerza que la soltó y cayó al suelo. Ethan se arrodilló a su lado.

–¿Qué pasa?

–No quiero ver las muescas de tus conquistas en tu cama –dijo ella, colocándose torpemente a cuatro patas–. Prefiero que lo hagamos aquí, en el suelo.

–No me he acostado ni con la mitad de mujeres que crees –dijo él, enfadado–. Además, lo que importa es el ahora, y no me estoy acostando con ninguna otra.

–Aun así, no quiero ver tu dormitorio –gruñó ella–. Solo quiero…

–¿Un polvo? –dijo él con crudeza.

–Sí –dijo ella desafiante.

–Primero tendremos que quitarte los patines.

–Vale.

Ethan le quitó uno y ella el otro. Él los tiró a un lado con un golpe seco. Luego, con un diestro movimiento, deslizó a Nadia hacia abajo y se colocó sobre ella.

–¿Esto es lo que quieres? –preguntó con ojos centelleantes–. ¿Te gusta sentirte dominada?

–¿Eso crees? –dijo ella, acariciándole con las uñas de una mano el cuello mientras que deslizaba la otra entre sus cuerpos y le asía los testículos con delicada firmeza.

Ethan se estremeció, elevándose y sonriendo, aunque estaba enfadado y excitado a partes iguales.

Le quitó el sujetador y tiró de las mallas a la vez

que se deslizaba hacia abajo y contemplaba las bragas de algodón.

–Tienen licra; son cómodas para hacer ejercicio –dijo Nadia, aunque no quería sonar como si se justificara.

–Y apropiadamente elásticas –dijo Ethan, tirando hacia un lado y soplándole en el sexo.

Luego las soltó y apretó la boca sobre ellas. Nadia contuvo el aliento, sintiendo la cálida y húmeda tortura a través de la tela.

–¡Maldita sea, Ethan! –dijo, jadeante–: Me enfureces, me haces reír –se golpeó la cabeza contra el suelo al arquearse contra él–. Me vuelves loca.

–Tú tienes el mismo efecto sobre mí –dijo él, pasando a jugar con la lengua y con el pulgar.

Nadia sacudió la cabeza, pero era demasiado tarde y estalló una vez más, conteniendo los gemidos con los dientes y los ojos apretados.

Cuando los abrió, vio que Ethan sonreía, satisfecho. Terminó de desnudarla y se desnudó a su vez. Luego se puso el condón y lanzó a Nadia una mirada inquisitiva al ver que ella lo observaba con avidez.

–¿Qué hacemos ahora? –preguntó con fingida inocencia.

–Yo ya he tenido dos orgasmos –dijo ella con descaro–. Quiero que llegues tú.

Ethan vaciló. Con cuidado, sujetó parte de su peso sobre los codos y probó la entrada de Nadia tentativamente con su sexo. Ella meció los caderas provocativamente.

–Vamos, Ethan, entra.

–Vale –dijo él. Pero en lugar de hacerlo, inclinó la cabeza y succionó uno de sus pezones mientras le acariciaba el otro con la mano.

Jadeando, Nadia suplicó:

–Por favor, hazlo ya.

Con las aletas de la nariz dilatadas por el esfuerzo de contención que estaba haciendo, Ethan finalmente la penetró. Nadia dejó escapar un profundo gemido y él se detuvo. Nadia podía sentir el corazón de Ethan latiendo con fuerza. Respiró profundamente y sonrió.

–Muy bien –musitó–. Dame más.

–¡Eres tan exigente! –bromeó él con la respiración entrecortada.

–Y te gusta.

–Sí.

–¿Por qué has parado?

–Porque me gusta demasiado.

–Ethan.

–¿Quieres dejarme tranquilo? –masculló él–. Si me muevo un milímetro voy a llegar y no quiero acabar tan pronto –exhaló bruscamente, cerró los ojos y frunció el ceño en un gesto de agonía.

Nadia estuvo a punto de tener otro orgasmo al verlo tan excitado. Tampoco ella quería terminar, pero estaba ansiosa porque Ethan tuviera su momento de éxtasis.

–No tiene gracia –Ethan salió de ella.

–¿Qué haces? –protestó Nadia.

–Tú puedes ser rápida, pero yo no –dijo él entre dientes. Se sentó en los talones y le abrió las piernas para acariciarle el sexo con la lengua un instante y luego penetrarla profundamente. Nadia sintió de inmediato sus músculos contraerse alrededor de él.

–¿Quieres que sea brusco?

–Todo lo que puedas.

Ethan volvió a salirse de ella. Se puso de rodillas y se frotó el rostro a la vez que aspiraba el aire a bocanadas. Nadia se incorporó hasta sentarse, asombrada con la batalla que Ethan parecía lidiar consigo mismo.

–¿Te preocupa tu reputación?

¿No sabía que ya le había proporcionado el mejor sexo de su vida? ¿Creía que solía tener orgasmos en los parques todos los días?

–No es eso –Ethan la miró fijamente–. Me temo que contigo pierdo el control.

Nadia sonrió con la deliciosa noción de que Ethan encontrara difícil dominar su excitación.

–Que controles me da lo mismo –dijo en un susurro–. Solo te quiero dentro.

–Que me digas eso no me ayuda nada –dijo él, entre dientes.

–¿Quieres que me calle?

Ethan la miró prolongadamente. De pronto, sonrió y parte de la tensión de su rostro se desvaneció. ¿Habría ganado la batalla contra sí mismo?

–Eso es, porque no tomas lo que quieres.

–De acuerdo –Nadia gateó y se sentó a horcajadas sobre él.

Él la miró y Nadia percibió en sus ojos un deseo desesperado a la vez que se mecía sobre el extremo de su sexo. Por mucho que hubiera fantaseado, no podía haber anticipado aquella ardiente y desenfrenada pasión.

Le posó las manos en los hombros a Ethan y se deslizó, acogiéndolo plenamente. Él apoyaba las manos con fuerza en el suelo y Nadia, tras ascender unos centímetros, bajó de nuevo con fuerza. Repitió el movimiento varias veces, lentamente, gozando de cada una de ellas, asombrándose de la intensidad de sensaciones que le causaba.

Ninguno de los dos habló, pero Nadia oía la respiración agitada de Ethan; sonrió al verle mirar sus senos subir y bajar ante sus ojos. Ella los apretó en el centro con una mano y le ofreció los pezones a Ethan a los labios.

Él hundió los dedos en su cabello, la atrajo hacia sí, invadió su boca con la lengua en un frenético beso. Nadia gimió en éxtasis contra sus labios cuando él alzó las caderas para intensificar la penetración.

La excitación se convirtió en una imparable sucesión de olas, cada una más intensa que la anterior, que los arrastraba hacia un lugar donde el placer lo era todo y que anunciaba una culminación explosiva. Nadia contenía el aliento y jadeaba alternativamente, presintiendo su proximidad. Hasta que no pudo ni moverse ni controlar su cabalgada. Sus sentidos y su juicio colapsaron bajo la avalancha de un éxtasis puro e indescriptible. Ethan la abrazó al sentir sus convulsiones y en segundos estallaba en un orgasmo como no había experimentado nunca. Cuando empezó a remitir, él la cambió de postura hasta echarse sobre ella para seguir golpeando, entrechocando con su ardiente centro. Nadia se aferró a él, acompañándolo en cada vaivén, arqueándose para incrementar la fricción. Con cada empuje volvía a elevarla al clímax. Gimió sonoramente, agotada pero desesperada por continuar. La respiración de Ethan sonaba con fuerza en sus oídos, mezclándose con la de ella, que gritó su nombre una y otra vez.

Habían alcanzado un nivel primario, instintivo. Cegados por las sensaciones, parecían dos náufragos desesperados buscando la orilla. Nadia no había sentido nunca nada parecido a la gloriosa masculinidad de Ethan montándola. Nunca sentiría nada igual.

Gritó de nuevo, rasgando el aire en una deliciosa agonía. Ethan la penetró en un último y poderoso empuje, arrastrándola de nuevo a un estado de cegador bienestar.

Nadia mantuvo los ojos cerrados y se los cubrió con un brazo. Ethan permaneció sobre ella, pero se echó hacia un lado para liberarla de parte de su peso y dejarla respirar.

Pero Nadia no podía. El corazón le galopaba en el pecho y sentía el de Ethan golpear el suyo a la misma velocidad mientras ambos intentaban recuperar el resuello. Llegó a pensar que nunca recobraría la normalidad. Sentía todo el cuerpo pulsante, los labios hinchados, casi doloridos.

Una sacudida tardía le hizo temblar incontrolablemente. Percibió que Ethan se tensaba. Lentamente se retiró de encima de ella.

–Disculpa un momento –masculló.

Nadia no contestó y oyó sus pasos alejarse. Luego miró por debajo del brazo. Estaba sola. Se sentó precipitadamente y, recogiendo la camiseta, se la puso.

Se sentía fría y húmeda. Quienquiera que dijera que el sexo ayudaba a liberar tensión, mentía. Ella no estaba solo tensa, sino aterrorizada. ¿En qué demonios había estado pensando? Un pánico creciente la invadió, amenazando con estallarle la cabeza.

Se puso en pie, tambaleante, metió las bragas en una de las botas y desenredó las mallas para ponérselas. Tenía que marcharse lo antes posible. No podía estar cerca de Ethan. No era de extrañar que aquellas mujeres hubieran querido poner a las demás sobre aviso. Ethan era increíble.

–¿Ya te has arrepentido?

Nadia alzó la mirada y vio que la observaba desde la puerta, con una toalla alrededor de la cintura y gesto contrariado.

–Has sido tú quien se ha frotado contra mí en un parque público –añadió él, dando un paso hacia ella.

A Nadia le sacudió su crudeza. No podía mirarlo a los ojos.

–Tú has metido la mano en mis bragas.

–Porque estabas deseándolo.

–Está bien, Ethan, no defraudas. Eres todo que dicen. Supongo que estás satisfecho.

–En absoluto –dijo él con aspereza–. No se te ocurra insinuar que me he aprovechado de ti.

–No pensaba hacerlo –dijo Nadia, desafiante–.

Me has dado lo que quería, Ethan. Ahora quiero irme.

–¿Vas a ir a casa a escribir sobre lo que ha pasado? –preguntó él con amargura.

Nadia se quedó inmóvil. Ni siquiera se le había pasado por la cabeza. Ethan frunció el ceño, interpretando su titubeo como un asentimiento.

–No lo hagas –dijo.

Nadia le dio la espalda, consciente de que acababa de encontrar la manera de acabar con él.

–¿No entiendes la popularidad que va a darme?

–¿Tanto te importa?

–Sí. El blog es muy importante para mí. Esto ha sido solo sexo.

–¿Piensas describirlo?

–No.

–Entonces, ¿vas a inventártelo?

–¿Es eso lo que vas hacer tú? –preguntó Nadia, furiosa.

–¿Cómo puedes confiar tan poco en mí cuando acabas de tenerme dentro de ti?

Y había sido una locura.

–No pienso dejar de escribir.

–Si es así, yo tampoco.

Nadia tragó saliva.

–Pienso ser sincera –pero no iba a dar detalles.

–¿Vas a decir que me sedujiste?

–¿Eso crees que ha pasado?

–Has dado todos los pasos, cariño.

Aunque no fuera del todo cierto, Nadia comprendió a qué se refería. Ella le había dado la luz verde.

–Solo porque me has provocado.

–Así que sigues sin querer asumir tu responsabilidad. ¿Cuándo vas a ser honesta y reconocer que no utilizo a las mujeres? Que lo paso bien con ellas cuando están tan dispuestas a jugar como yo. Mujeres como tú.

Así era, había pasado a formar parte de una masa informe. Una más de las mujeres hechizadas por Ethan Rush.

–No todas se dan cuenta de que solo te interesa divertirte. Por eso quieren avisar a las demás.

–Yo no engaño, Nadia. Nunca ofrezco nada.

–Eso no es verdad, solo que no te das cuenta.

Ethan ofrecía el sol, la luna y todo el universo, Y luego desaparecía, dejando un gran agujero negro.

–¿Y qué puedo hacer si inconscientemente soy un imbécil? ¿Es mi culpa que las mujeres fantaseen después de una noche de sexo?

Ese era un error que Nadia no pensaba cometer, y para evitarlo, tenía que irse lo antes posible. ¿Cómo había sido tan ingenua como para creer que podía acostarse con Ethan y salir ilesa?

–Todo depende de las expectativas. ¿Aclaras que solo te interesan tres citas?

–A ti te lo he avisado.

–Esta situación es diferente. Dudo que habitualmente digas: ¿qué te parece si tonteamos un par de veces y luego no volvemos a vernos?.

–¿Cómo puedo predecirlo?

–Porque es lo que te pasa siempre.

–Dejo claro que no quiero nada serio. No me gustan las complicaciones.

–¿Y eso a qué se debe?

–A que no aguanto escenas como esta. ¿Por qué sois tan complicadas las mujeres?

–Todos los seres humanos lo somos. Incluso tú.

–Yo no. Mis necesidades son muy básicas.

–Lo que pasa es que no has madurado y no quieres enfrentarte a lo que sea que hace que tengas fobia al compromiso –dijo Nadia exasperada.

Fue a ponerse una bota y al notar un tope, metió la mano y sacó las bragas. Se la enganchó a la muñeca y terminó de meterse la bota.

–¿Qué demonios crees que estás haciendo? –masculló Ethan.

–¿Tú qué crees?

–No pienso dejar que vayas a tu casa patinando.

–Vale. Tomaré un taxi –dijo Nadia, sin molestarse en contradecirlo.

–Te llevo en coche –dijo él.

Se quitó la toalla y se puso unos pantalones cortos. Luego tomó una llave y fue hacia la puerta, descalzo.

Nadia lo siguió en silencio. Tenía un coche tan elegante como su apartamento.

–Nos queda una cita –dijo Ethan cuando detuvo el vehículo delante de su casa–. ¿El viernes te va bien?

Ni en un millón de años.

–No puedo. Tengo otra cita –dijo, desafiante.

–¿Ah, sí?

–Que yo sepa lo nuestro no es exclusivo –dijo ella, ignorando la punzada que le atravesó el corazón–. ¿De verdad tenemos que padecer otra cita?

–Ya me había parecido que tus gemidos eran de sufrimiento… –dijo él, sarcástico.

Nadia era consciente de que le había dado motivos, pero no sabía cómo salir de aquella situación de otra manera. Ahuyentarlo era la única forma de que no quisiera volver a verla. Y solo así ella podría recuperarse de aquel gigantesco error. Así que con una calculada y fría indiferencia bajó del coche.

–¿Así que has conseguido lo que querías? ¿Solo te movía la curiosidad? –preguntó Ethan desde el coche.

Nadia continuó caminando, odiándose más a sí misma de lo que podía odiarla él.

–Dime, Nadia, ¿quién acaba de utilizar a quién?

Capítulo Siete

Ethan apretó el acelerador y las ruedas chirriaron al tomar la curva. Odiaba las complicaciones. Normalmente no le importaba que una cita llegara a su fin, pero aquella había terminado fría y bruscamente.

Le gustaba el sexo, sí. Y tenía todo el que podía. Pero nunca había experimentado nada de tanta intensidad, ni tan divertido. Nunca había estado tan al borde de no poder controlarse, ni había sido elevado a la estratosfera. Y lo único en lo que podía pensar en aquel momento era en tener más. Con Nadia.

No había calculado que aquello fuera a pasar, pero tampoco había imaginado que pudiera perder la cabeza como lo había hecho.

Volvió al apartamento y fue al cuarto de baño, donde se encontró la bañera llena de espuma, y el suelo salpicado. El agua se habría enfriado. La había llenado y había vuelto a por Nadia, para llevarla en brazos y seguir disfrutando el uno del otro. Pero la había encontrado a medio vestir, ansiosa por marcharse y lista para atacarlo con una batería de insultos. Su furia lo había dejado completamente desconcertado.

Malhumorado, secó el suelo y se dio una ducha. Nadia había conseguido lo que quería y, por lo visto, no quería repetir. Había sido muy clara: solo buscaba un polvo. Y puesto que era lo que él solía buscar, no comprendía por qué estaba tan enfadado y se sentía tan herido.

Porque quería más. Y no solo sexo. Le gustaba el reto que Nadia representaba, reír con ella. A Ethan se le puso la carne de gallina a pesar de estar bajo el chorro de agua caliente. Salió de la ducha, se vistió y fue a hacer café. Seguía sintiendo frío y pensó que tenía un catarro veraniego. Esa debía ser la razón de que le doliera todo el cuerpo.

Nadia se refugió en su casa con las cortinas cerradas, como un murciélago que evitara la luz de la tarde. Esperaba angustiada el siguiente blog de Ethan temiendo lo explícito que pudiera ser. No podía arrepentirse de haberse acostado con él, pero había sido una locura y no se repetiría, a pesar de que su cuerpo clamaba porque lo hiciera.

Por enésima vez dio a «actualizar» en el blog de Ethan, pero no había nada nuevo. Se duchó y se puso una de las camisetas que había hecho con el logo de MujerAlerta, de las que no había vendido más que cuatro.

Actualizó de nuevo. Nada. Abrió su correo. Tenía varios mensajes, pero los contestaría más tarde. Leyó uno de Megan, que incluía una fotografía, navegando con Sam en una idílica playa griega:

Dios mío, estoy –como el resto del planeta– pendiente de tu guerra con Ethan. Está claro que tienes que ponerlo en su sitio. Pero si no fuera porque es tan arrogante, ¿no sería un buen candidato? ¿Por qué no te olvidas de la arrogancia y te lo pasas bien?

Ya lo había intentado y había tenido éxito… hasta que las dudas la habían acribillado nada más remitir el calor de sus múltiples orgasmos. En cuanto a ponerlo en su sitio, seguía decidida a hacerlo. Pero mientras que ese objetivo se había ido desdibujando, otros se intensificaban, como el de llegar a conocerlo mejor.

Mientras miraba fijamente a la pantalla, se dio cuenta de que no sabía nada de él. Excepto que era ingenioso, que tenía una risa contagiosa y que cada vez que la miraba la hacía sentir la mujer más atractiva del mundo.

Frunciendo el ceño, se inclinó sobre el teclado, entró en su blog y comenzó a escribir:

La cita diurna.

Lo reconozco, igual que en la primera cita, he roto un par de mis reglas. La última vez se volvieron en mi contra. Esta…, me temo que también. Así que seguid mi consejo, y cumplidlas.

Para ser justa, tengo que admitir que Ethan es un tipo agradable. Se esfuerza, es generoso y, sí, sabe hacer que una mujer se sienta bien. Es cortés, caballeroso y protector. Ah, y puede coquetear y provocar como nadie.

Sin embargo, hay una parte enorme que no comparte. Aunque le guste la intimidad física, la emocional la

*evita por todos los medios. Sigo sin saber nada sustancial
de él. En mi anterior entrada me preguntaba si había
algo debajo de esa superficie atractiva y encantadora.
Pero ahora me pregunto por qué está tan decidido a es-
conderse tras esa fachada. ¿Pretende conservar el misterio?*

*Si es así, hay que admitir que es un maestro, porque
no hay nada que enganche más a una mujer que la curiosidad. Pero debe tener cuidado, porque a la mayoría,
no nos basta solo con compartir el cuerpo.*

*¿Qué teme revelar? Quizá, sencillamente, es superfi-
cial y, consciente de sus limitaciones, limita sus encuentros porque sabe que después de tres sería desenmasca-
rado.*

Ethan sintió que le hervía la sangre a pesar de
que Nadia había sido sutilmente honesta. No negaba lo sucedido aunque no lo contara en detalle.
Suponía que, cuando se lo preguntaran sus seguidoras, ella ni negaría ni afirmaría nada; que era lo
que él mismo pensaba hacer con los suyos.

Aun así, odiaba cada palabra que había escrito
Nadia. Especialmente la de «agradable», que sonaba tan poco interesante; no quería parecer un
perdedor con el que Nadia era amable.

Y aunque admitía parte de la responsabilidad,
cargaba demasiada en él. ¿Qué era esa estupidez
de no saber nada de él? El primer día, aunque lo
hubiera instigado él, no había parado de hablar
de sí misma. El segundo, se había marchado como
si la siguiera el diablo.

¿Qué quería saber? ¿Una lista de las cosas que

más le gustaban, de sus mejores recuerdos? Menuda idiotez. Si quería conocerlo mejor, debía haberse quedado y pasar más tiempo con él.

Terminó el café de un sorbo y comenzó a teclear.

¿Rematé en la segunda cita?

Se detuvo. No era un buen comienzo. De hecho, en ese momento odiaba la idea del blog. Se había metido en un lío del que no sabía cómo salir. Pero tampoco quería retirarse. Debía conseguir una tercera cita para volver a verla.

Seducir y atrapar: misión cumplida.

Una sorprendentemente honesta MaduraEscarmentada reconoce que la estrategia funciona, aunque señala su punto flaco: que solo funciona por un tiempo limitado.

Tiene razón. Pero ¿quién quiere quedar atrapado? Muchos hombres, y muchas mujeres, prefieren evitarlo. Lo divertido es la conquista. Todo depende de lo que se esté buscando, y si uno y otra buscan lo mismo, no tiene por qué haber ningún problema.

Lo importante es ser honesto. En mi experiencia, las mujeres a menudo no lo son, y luego echan la culpa al hombre por romperles el corazón, cuando son ellas quienes están jugando con fuego.

MaduraEscarmentada se refiere a mi superficialidad. Quizá porque mi idea de una cita no es hablar de religión y de política.

Pero veremos qué nos depara la que tenemos pendiente. Está claro que ha llegado el momento de mostrarle mi faceta sensible, aunque no pienso adelantar ninguna pista. Dejaremos que suceda y luego os lo contaré. Solo os digo que me toca elegir a mí y que voy a sorprenderla.

Tras unos segundos de duda, Ethan pulsó el botón de «publicar» y se levantó bruscamente, irritado por tener que esperar tantos días hasta la siguiente cita. Pero quizá podría aplacar sus revolucionadas hormonas si salía el viernes por la noche y conseguía un poco de acción. La misma Nadia había dicho que no tenían una relación de exclusividad.

Pero al notar un nudo en el estómago confirmó que estaba enfermo. Era la primera vez que esa idea, en lugar de animarle, le provocaba rechazo.

El lunes, el martes y el miércoles fueron los días más largos en la vida de Nadia. Ni siquiera descubrir que su novio coleccionaba vírgenes entre las jóvenes estudiantes universitarias le había alterado de aquella manera, dejándola inapetente y en constante tensión.

Pasaba las noches en vela siguiendo los comentarios en los blogs. Muchas de las especulaciones eran acertadas y algunos comentarios eran verdaderamente groseros. Lo curioso era que las mujeres que originalmente habían escrito sobre Ethan, no habían hecho ningún comentario.

Ocasionalmente, entraba en el blog incluso en la oficina. Ethan no añadió ninguna entrada ni contestó a los comentarios que recibía. Había dicho que quedaba la tercera cita, pero no se había puesto en contacto con ella. Por eso Nadia se sobresaltaba con cada llamada o con cada correo, y tenía que agarrarse las manos para no ser ella quien lo llamara.

En lugar de mantenerse en su postura de no volver a verlo, solo pensaba en disculparse por la forma en que se había despedido y por haber sido tan cobarde. Pero en el fondo, sospechaba que a él le daba lo mismo, porque no dejaba de ser un juego que quería ganar.

Sin embargo, la ocasión se presentó en forma de una llamada a su móvil. Nadia rompió a sudar y tomó una bocanada de aire. Los pulmones y el cerebro se le bloquearon por el nerviosismo. A pesar de intentar evitarlo, saludó con un «hola» agitado, y esperó a que Ethan hablara con el corazón en un puño.

—Tenemos que decidir la próxima cita —dijo él, fríamente.

—¿Estás seguro de que quieres concertarla? —preguntó Nadia. Y cerró los ojos. Tenía que aprender a no saltar como un resorte cada vez que hablaban.

—¿Creías que iba a dejarte escapar tan fácilmente, Nadia? Tenemos un trato. ¿O es que quieres romperlo?

—No. Podemos vernos por última vez —dijo Nadia.

—¿Te va bien el sábado?

—Sí —dijo Nadia. La única manera de evitar el peligro era negarse, pero la velocidad a la que le latía la sangre le impedía hacerlo.

–Entonces, el sábado por la tarde. Pero no vamos a ir a patinar. Ponte un vestido un poco más formal. El que llevaste al cine está bien.

Nadia tragó saliva. El tono relajado de Ethan la irritó, y más aún que pretendiera decidir su vestuario.

–Tengo otros.

–Me alegro. Te recogeré a la una.

–Está bien.

Ethan colgó sin despedirse, y Nadia no consiguió concentrarse en el trabajo en lo que quedaba de día. Salió a dar un paseo y se compró un helado que, por comerlo demasiado deprisa, le dio dolor de cabeza. No podía seguir así. Debía tomar las riendas o arruinaría su reputación por un hombre al que no volvería a ver.

Cuando volvió al despacho, trabajó furiosamente y sin conectarse ni una vez a Internet.

Por la tarde, en casa, envió un mensaje a Megan. Necesitaba ayuda con el vestido. «Elige lo que quieras de mi armario». Fue la respuesta de su amiga.

El sábado por la mañana, Nadia se hizo una trenza y se dejó un mechón delantero que se retiró del rostro con una horquilla. Se puso un poco más de maquillaje de lo habitual y a la una en punto abrió la puerta con una mezcla de nervios, expectación y súbita timidez. Ethan y ella se miraron en un prolongado silencio que acabó por inquietar a Nadia.

–¿No voy bien? –preguntó con voz ronca.

–Claro que sí –dijo él, carraspeando–. Estás preciosa.

Él estaba guapísimo, informal pero elegante, y Nadia se alegró de haber elegido un vestido plateado y sandalias doradas. Solo la dignidad impidió que se deshiciera en disculpas y le rogara que empezaran de nuevo.

Ethan había acudido en su coche. Le abrió la puerta y esperó a que se acomodara.

–Cambia la música si quieres –dijo él, al arrancar. A Nadia le gustaba el grupo… y que el coche oliera a Ethan.

–¿Adónde vamos?

–Ya sabes que me gusta ser misterioso –dijo él con una inquietante dulzura.

Luego se concentró en la carretera y pasaron cuarenta minutos en un tenso silencio. En cierto momento, dejando atrás una casita encantadora de guardés, Ethan tomó el camino de acceso a una espectacular mansión. En la verja había varios globos rosas y delante de la casa varios coches aparcados.

Nadia no cabía en sí de curiosidad. Bajó del coche lentamente y siguió a Ethan hacia la puerta. Por la ventana se veía a gente vestida de fiesta charlando. Y de pronto, supo de qué se trataba.

–¿Es una reunión familiar? –preguntó, alterada. La necesidad de disculparse desapareció súbitamente.

–Sí. El bautizo de mi sobrina.

–No puedo entrar –Nadia vio el brillo risueño

en la mirada de Ethan y estalló–. No es el lugar apropiado para tus juegos de manipulación.

–Tiene gracia que tú digas eso cuando has jugado hacerte la inaccesible para mantener mi interés.

Nadia solo registró el final de la frase.

–¿Sigues interesado? –preguntó, sorprendida.

–Desde luego –Ethan la tomó por la cintura y la estrechó contra sí–. ¿Y tú todavía me deseas? –preguntó, bajando una mano a su trasero.

Nadia sintió que le quemaba la piel, y ambos pudieron percibir que se estremecía. De pronto, se sintió al borde de las lágrimas. Desearlo con tanta intensidad la resultaba agotador.

–No estaba jugando a nada contigo –dijo, irritándose consigo misma.

–¡Cómo que no! –dijo él, desnudándola con la mirada.

También Ethan temblaba. Alzó la mirada hacia él sin importarle lo que pudiera leer en sus ojos, buscando una mayor intimidad.

Lo oyó exhalar antes de que, hipnotizada, viera aproximarse sus labios. La respiración se le entrecortó a la vez que el corazón le golpeaba el pecho. Ladeó la cabeza, anhelando recibir aquel beso. Ethan aumentó la presión de su mano, trasmitiéndole una corriente eléctrica.

Pero de pronto, alzó la mirada y Nadia vio, demasiado tarde, que la puerta se había abierto.

Sin soltarla, Ethan desplegó una sonrisa de un tipo muy distinto al que Nadia le había visto hasta entonces, y dijo:

–Hola, mamá.

Capítulo Ocho

–¡Ethan, qué sorpresa! –la mujer sonó atónita–. Tú y...

Nadia se sobresaltó e intentó separarse de Ethan, pero el brazo de este la sujetaba como una barra de hierro. Intentó sonreír a la mujer.

–¿Ethan? –se oyó una voz, luego otra, y dos mujeres más jóvenes se materializaron a ambos lados de la madre de Ethan.

–Mamá, esta es Nadia. Nadia, mi madre, Victoria; y mis dos hermanas, Jessica y Polly –las presentó Ethan en un tono burlón que no borró la expresión de sorpresa de las mujeres.

Nadia habría querido salir huyendo, pero Ethan no la soltaba. Sacudió la cabeza suavemente para librarse del estupor y solo entonces comprobó que el guapo Ethan tenía dos hermanas y una madre que podían haber sido modelos.

–Encantada de conocerte –dijo Polly. Y dirigiéndose a su hermana, añadió–: Por eso tenía que recoger yo a mamá y no Ethan.

–Y porque sabía que vendrías sola–dijo Ethan, manteniendo a Nadia atrapada.

–Tampoco esperábamos que tú vinieras acompañado –replicó Polly, que tardó cinco angustiosos segundos en desenfurruñarse antes de sonreír–. Me alegro de que hayas venido, Nadia.

Nadia intentó de nuevo que Ethan la soltara, pero él no cedió.

–Muchas gracias –consiguió articular, ruborizándose–. Siento presentarme de sorpresa, espero no ser una molestia.

–Entremos –dijo Ethan, moviéndose súbitamente y empujándola por los brazos para que lo precediera.

Las tres mujeres se echaron a un lado y Nadia entró a un amplio vestíbulo, seguida de Ethan.

–No pienso quedarme –cuchicheó en cuanto se quedaron solos.

–No tienes más remedio –dijo él con una amplia sonrisa y plenamente relajado–. Así puedes conocer a mi familia y descubrir esos fascinantes detalles que tanto os gustan a las mujeres.

Nadia lo miró perpleja. Ethan sabía que aquella era la mejor manera de azuzar su curiosidad, y lo había conseguido. Por la reacción de sus hermanas y de su madre, era evidente que no acostumbraba a presentar a sus amigas, pero Nadia sabía que no debía darle mayor importancia. Si la había llevado a ella no había sido más que para manipularla.

–Es una descortesía –dijo, buscando una escapatoria.

–¡Habló la experta en descortesía!

–¡Me has sujetado como si no pudieras separarte de mí! ¡Tú sí que has sido descortés!

Ethan sonrió con picardía.

98

–Si llego a soltarte, habrían visto la erección que tenía.

Nadia se ruborizó, sintiéndose mortificada y halagada a un tiempo.

–¿De verdad crees que está bien que nos quedemos? –Nadia lo miró a los ojos y percibió una sombra tras su sonrisa.

–Mientras no te acerques demasiado cuando estemos con otra gente, sí –masculló él.

–En unos minutos hay un servicio en una iglesia próxima y luego volveremos para la celebración –dijo Polly, interrumpiéndolos.

–¿Puedo ayudar en algo? –preguntó Nadia.

–Jess y Polly lo tienen todo planeado como si fuera una operación militar –dijo Ethan, riendo–. Tú y yo somos meramente decorativos –tras una breve pausa, preguntó–: ¿Está él aquí?

Polly asintió con un encogimiento de hombros y dijo:

–Sí, pero solo.

A Nadia no se le escapó la mirada de complicidad entre los hermanos. ¿De quién estarían hablando?

–¡Por cierto, no te he felicitado por tus resultados! –añadió Polly súbitamente–. Mayor número de horas facturadas, máximos ingresos anuales. Verdaderamente...

–No intentes impresionarla, Polly –dijo Ethan con aspereza–. Nadia conoce mi notoriedad en Internet.

Polly abrió los ojos desorbitadamente y se ruborizó.

–No pensaba en Nadia, sino en que se lo contaras a él.

Ethan gruñó. Dando un suspiro, Polly se dirigió a Nadia:

–Vamos, debemos ponernos en marcha.

La iglesia quedaba a unos minutos y los invitados fueron en animada procesión. Nadia caminó delante, junto a Ethan, que la sujetaba por la cintura. Ella habría preferido que no lo hiciera, porque sus dedos le quemaban la piel y le despertaban un deseo que no podía arriesgarse a satisfacer. Para intentar distraerse, se concentró en una niña que los precedía, con un bonito vestido rosa.

–Es Isabella, la mayor de Jess –dijo Ethan, que también la observaba.

El resto parecía no tener ojos más que para ellos. Durante la ceremonia, en torno a la pila bautismal, Nadia notó que los miraban, y en la parte externa del círculo, vio a varias mujeres que devoraban a Ethan con la mirada y los observaban con abierta curiosidad. Nadia sentía aprensión al imaginar el tercer grado al que iba a ser sometida durante la fiesta. Y no se equivocó.

–Esta es Nadia.

Ethan la presentó una y otra vez, pero en ningún momento especificó el tipo de relación que mantenían, y todo el mundo era demasiado educado como para preguntar. Nadia conoció a tíos, tías, primos, amigos de la familia que formaban parte de la vida de Ethan.

–Voy a por otra bebida –musitó él, quitándole de la mano la copa vacía de champán –. ¿Te parece que pasemos a la limonada? No quiero que te emborraches.

Nadia pasó por alto el tono insinuante. Estaba demasiado nerviosa ante la perspectiva de quedarse sola y fue al jardín con la intención de ocultarse entre los rosales.

–Son preciosas, ¿verdad?

Nadia alzó la mirada, sobresaltada, y vio al otro lado de un rosal a un hombre maduro que le tendió una copa de champán. Ella la aceptó con una tímida sonrisa por no resultar descortés.

–Sí, lo son –dijo.

–Esas son mis favoritas –dijo él, señalando las rojas–. Soy Matthew.

Súbitamente, Nadia lo identificó. Matthew Rush, un veterano corresponsal político. Había oído muchas de sus entrevistas en la radio, de pequeña, y sus padres le hacían callar cuando escuchaban su programa. ¿Cuál sería su vínculo con Ethan?

–Yo soy Nadia –dijo. Y dio un pequeño sorbo–. A mí me gustan estas –dijo, señalando otro rosal.

–Es una buena elección –dijo él–. Se llaman Souvenir de la Malmaison. Polly las plantó para Jess hace un par de años.

–¡Nadia!

Esta se volvió ante la brusca interrupción. Ethan estaba a unos metros. Irradiaba hostilidad. Nadia miró de soslayo al hombre que estaba su lado, pero permanecía imperturbable.

–Ethan –dijo Matthew.

–Papá –masculló Ethan con frialdad.

El aire podía cortarse. ¿Matthew Rush era el padre de Ethan? Cuando finalmente este habló, dijo desabridamente.

–Voy a enseñarte la caseta de los botes. Jess acaba de redecorarla.

–Muy bien –dijo Nadia y, tras dedicar una sonrisa de despedida a Matthew, fue hacia Ethan, desconcertada con su gélida actitud.

–No sabía que Matthew Rush fuera tu padre –dijo por decir algo.

En lugar de contestar, Ethan siguió caminando hasta que se detuvieron delante de una encantadora caseta de madera. Entonces se volvió a Nadia y esta vio en su mirada una furia que no había percibido en él ni en los momentos en que había estado más enfadado con ella.

–Es muy famoso –añadió, confusa–. He escuchado muchos de sus reportajes.

–Sí, seguro que os llevaríais fenomenal. Tenéis mucho en común; la obsesión por ser importantes, por que os escuchen y por ser reconocidos –dijo Ethan, sombrío.

Nadia era consciente de que sucedía algo, pero no comprendía por qué Ethan la atacaba.

–Hay un error en tu análisis, Ethan –no iba a tolerar insultos porque estuviera de mal humor–. Tu padre busca la fama con su nombre verdadero, mientras que MujerAlerta pretende dar un servicio. Eres tú quien ha hecho públicas nuestras citas.

Ethan la miró con rabia contenida

–Eres tú quien se parece a tu padre y busca notoriedad –remató Nadia.

Ethan se puso rojo de ira.

–Yo no soy como él.

–¿De verdad? –su vehemencia intrigó a Nadia–. ¿Y cómo es?

–¿No es evidente? –saltó Ethan–. ¿Cómo crees que me sienta que intente ligar con la mujer que me acompaña?

–¿Cómo? –exclamó Nadia, dejando escapar un risita–. Ethan, no estaba ligando, solo hablábamos de las rosas.

Pero Ethan no veía el lado divertido; seguía furioso.

–Lo conozco mejor que tú, y ya he visto antes esa mirada.

–Son imaginaciones tuyas –dijo Nadia, sacudiendo la cabeza. Al ver que Ethan persistía en su actitud, añadió–: Me resulta ofensivo que pienses que yo…

–Ya sé que tú no lo harías –dijo él con brusquedad–. Pero él, sí.

Nadia reflexionó. No había visto a Matthew junto a la madre de Ethan en el bautizo, ni había visto que este hablara con él. Además, estaba el comentario velado que habían intercambiado Polly y Ethan. No hacía falta ser psicólogo para deducir que sus padres se habían separado y no precisamente en términos amistosos.

Nadia se mordisqueó el labio sin saber cómo tranquilizar a Ethan. Percibirlo vulnerable hizo que le brotara un deseo de confortarlo, de comprender por qué se sentía tan herido.

–Ethan, tu padre solo estaba siendo amable.

–Sí, siempre lo es con las mujeres.

–Como tú –dijo ella con dulzura.

Ethan la miró con una expresión que se fue cargando de dolor sin que Nadia comprendiera la razón. Ethan fue a decir algo y ella contuvo el aliento. Pero unos gritos agudos los sobresaltaron.

–¿Ethan, me puedes ayudar? –Polly caminaba hacia ellos con una niña en brazos, que lloraba desconsoladamente.

–Bella está enrabietada, tengo que dar de comer al niño, Tom tiene que ocuparse de los invitados y Polly está concentrada en mantener a mamá y a papá separados.

–Claro, dámela –dijo Ethan, y alargó los brazos hacia la desconsolada niña.

–Siento molestaros –se disculpó Jess con Nadia–. ¡No sé qué pensarás de nosotros!

Nadia no supo qué decir.

–Está muy alterada –añadió Jess al ver que el llanto de Bella iba en aumento.

–No es la única –masculló Ethan. Y volviéndose a Nadia cuando se quedaron solos, preguntó con expresión desolada–: ¿Qué tal se te dan los niños?

–Fatal –dijo Nadia.

Volvieron hacia la casa y para cuando llegaron, los susurros de Ethan parecían haber calmado a la niña. Nadia abrió una puerta que le señaló Ethan, entraron y cerraron a su espalda. Era una sala de música y Ethan se sentó al piano con Bella.

–Tienes que dejar de llorar porque necesito que me ayudes a tocar –le dijo a la niña.

Bella se acomodó en sus rodillas. Ethan puso

las manos sobre el teclado y ella las suyas sobre las de él. Era evidente que se trataba de un juego que habían practicado muchas veces. La niña sonrió y Ethan tocó torpemente una cancioncita infantil. Nadia se descubrió sonriendo embelesada, y de pronto se dio cuenta de que el hombre al que se había propuesto detestar cada vez le gustaba más.

Bella interrumpió a Ethan súbitamente.

—No, esa no. La otra.

—¿Estás segura?

Nadia percibió el tono de broma de ambos y supo que era parte de la rutina. Ethan comenzó a tocar de nuevo y Nadia se quedó paralizada. La música brotaba de sus dedos magistralmente. Se trataba de una pieza romántica y emotiva de Rachmaninov, que resonó con toda su profundidad.

—¿Otra vez? —preguntó Bella cuando la última nota aún vibraba en el aire.

Ethan refunfuñó. Volviéndose hacia Nadia, dijo:

—Siéntate a nuestro lado o no podremos seguir tocando.

Al ver la mirada ansiosa de la niña, Nadia fue hacia ellos y Ethan se deslizó a un lado para hacerle sitio.

—¿Sabes tocar? —preguntó él.

—No así de bien. Me quedé estancada en Mozart porque tengo las manos demasiado pequeñas para los románticos.

—No está mal atascarse en Mozart —dijo Ethan, estrechando a Bella en su regazo—. Toca, por favor.

Su humor había cambiado completamente y volvía a ser el Ethan sonriente y encantador.

–No toco tan bien como tú, y hace mucho que no practico.

–No estoy de acuerdo con lo primero, y lo segundo ya me lo habías dicho.

Nadia le reprendió con la mirada.

–¿Siempre piensas en lo mismo?

–Cuando estoy contigo, sí.

–Toca, toca, toca –insistió Bella.

–Eso –dijo Ethan, insinuante–: Toca.

Dando un suspiro, Nadia puso los dedos sobre las teclas. Hacía mucho que no tocaba, pero años de práctica no se olvidaban fácilmente. Después de unos compases de su pieza favorita, empezó a disfrutar, y aunque con algunos errores que le hicieron reír, pronto perdió la noción de la realidad. Era una obra apacible, muy distinta al torrente emocional que había tocado Ethan.

–Sigue tocando –le susurró este al oído.

Nadia miró de reojo y vio que Bella se había quedado profundamente dormida. Ethan se puso en pie y, de puntillas, fue a echarla en un sofá. Miró a Nadia y le indicó que continuara tocando. Nadia la comenzó por tercera vez, prefiriendo concentrarse en la música que en el hombre cuya ternura la estaba derritiendo.

De pronto, sintió sus manos en los hombros; luego,le recorrió los brazos hasta las manos. Nadia inclinó la cabeza hacia delante y dejó de tocar.

–Tocas maravillosamente –susurró él, rozando con su mejilla la de ella. Nadia pensó que bastaría girarse para besarlo, pero Ethan dijo con resignación–: Será mejor que volvamos con los demás.

–Claro –musitó ella en el mismo tono.

Salieron de puntillas. Nada más cerrar la puerta, Ethan musitó su nombre y Nadia supo que iba a besarla y que ella quería que lo hiciera. Pero algo lo detuvo.

–¿Dónde está? –preguntó Jess, apareciendo súbitamente.

Ethan se volvió hacia ella y le contestó. Jess pareció aliviada. Su hermano le pasó un brazo por los hombros y bromeó:

–Ya sabes que aplacar a chicas alteradas es mi especialidad.

Nadia no supo si era un mensaje cifrado para ella, y pensó que no quería ser aplacada, sino agitada.

Ethan charló unos minutos con su hermana, pero en cuanto esta se fue, su aspecto risueño se transformó en uno de cansancio. Nadia, que acababa de ser testigo del esfuerzo que hacía para ser encantador con las mujeres de su familia a pesar de estar al límite de su paciencia, se conmovió. Ethan había aplacado su cólera para cuidar de Bella, y de Jess, y hacerlas sentir mejor. Sin embargo, en aquel instante, era él quien parecía necesitado de atención. Nadia habría querido que se comunicara con ella, pero ¿por qué iba a abrirse a su adversaria en una estúpida confrontación? Sabía que Ethan estaba mortificado por haberse equivocado respecto a ella y su padre, y lo último que quería era recordárselo, pero, por otro lado, necesitaba averiguar una cosa.

–Nunca hubiera imaginado que tocaras tan

bien el piano –dijo, para relajar el ambiente–. Te pega más el rugby.

Ethan sonrió.

–Las chicas iban clase de música y yo las acompañaba. Pero ellas nunca practicaron.

–¿Y tú sí?

Ethan asintió con la cabeza.

–Vayámonos de aquí.

Los invitados empezaban a marcharse, así que no resultaría descortés.

–Te has superado una vez más, Jess –dijo Ethan, dando un abrazo a su hermana.

–Gracias –dijo Nadia–. Ha sido una celebración preciosa –y no mentía: la comida, la decoración, todo había sido perfecto.

Jess y Polly le sonrieron.

–Será un placer volver a verte, Nadia –dijo Polly cuando ya se alejaban.

Nadia continuó caminando hacia el coche con el corazón oprimido. Como no podía soportar el silencio, en cuanto arrancaron, intentó entablar una conversación intrascendente.

–Háblame de tu trabajo y de tus éxitos. ¿Trabajas como acusación o como defensa?

Ethan asió el volante con fuerza. Si Nadia pensaba que era un abogado que defendía las causas perdidas, iba a sufrir una decepción. También lo había sido para su padre, para quien solo importaba el prestigio público.

–Me dedico al derecho empresarial –dijo,

dando un suspiro–. Estoy especializado en aviación.

Nadia frunció el ceño.

–¿Aviación? –preguntó. Efectivamente, no parecía impresionada.

–Así es. Me ocupo de los grandes contratos entre las compañías aéreas y las empresas aeronáuticas.

–¿Y eso está relacionado con el derecho?

–Sí, para llegar a acuerdos se requiere asesoramiento legal.

–Ah.

–Es muy interesante.

Ethan era consciente de que buscaba la aprobación de Nadia desesperadamente. Pero lo cierto era que amaba su trabajo.

–No lo dudo.

–Es más interesante que los recursos humanos –dijo Ethan, poniéndose a la defensiva.

–Eso no es difícil –dijo Nadia, riendo–. ¿Eso quiere decir que viajas en lujosos aviones privados?

–Todo el mundo me pregunta lo mismo. Esperaba algo mejor de ti –dijo Ethan–. Ocasionalmente, sí.

–Pero supongo que te gustan los aviones.

–Desde pequeño. Me encanta volar.

–¿Sabes pilotar?

–Tengo licencia de piloto.

También practicaba ala delta. Gozaba con la descarga de adrenalina que le proporcionaba volar.

–Suena divertido.

–Lo es –Ethan sonrió finalmente– Me encanta ir a trabajar, aunque lo que hago no es lo que la gente imagina cuando digo que soy abogado.

–¿Qué más da? Lo importante es que te gusta a ti. Tus padres deben de estar muy orgullosos.

Ethan miró a Nadia de soslayo, pero esta miraba al frente con una sonrisa inocente. Si creía que iba a morder el anzuelo, estaba equivocada. No, su padre no estaba en absoluto orgulloso de él.

–¿Quieres decir que a ti no te gusta tu trabajo? ¿No disfrutas haciendo sufrir a la gente? –bromeó.

–¡Qué gracioso!

–¿Y por qué decidiste dedicarte a ello?

–Quería trabajar en una gran empresa, y todas necesitan personal en el departamento de Recursos Humanos.

–¿Y por qué tenía que ser grande?

–Por lo habitual: el sueldo, la seguridad.

–Ya, pero grande no siempre significa mejor.

–Te equivocas –Nadia sacudió la cabeza–. Ha sido muy agradable conocer a tu familia.

«Agradable» otra vez esa espantosa palabra. Y Ethan no creía que fuera sincera. Más bien volvía a lanzarle un anzuelo.

Un escalofrío le recorrió la espalda. Había cometido una locura presentándole a su familia. ¿Cómo lo utilizaría en su blog? ¿La describiría como disfuncional? ¿Mencionaría a Bella? Los momentos al piano que tanto placer le habían proporcionado hacía un rato de pronto lo llenaron de aprensión. ¿Creería Nadia que era una escena planeada? Por un instante pensó en proponer que aquella no contara como cita. Pero eso significaría verse una vez más, y no estaba seguro de que fuera una buena idea. Ya no se trataba de un juego; y no tenía nada de sencillo.

Al detener el coche ante la casa de Nadia no le quedó más remedio que sacar el tema.

—Por favor, no escribas en el blog sobre lo que ha pasado hoy. Te ruego que no hables de mi padre. Y si crees que he preparado lo de Bella…

—¿De verdad crees que lo mencionaría? —preguntó Nadia, indignada.

Ethan cerró lo boca. El enfado de Nadia era evidente. La había ofendido.

—¿Qué clase de persona crees que soy? —preguntó, abatida—. Está claro que no has escuchado nada de lo que te he dicho.

Salió de coche y corrió hacia la casa. Ethan se quedó mirándola, odiándose aún más que cuando la había descubierto con su padre y había perdido la cabeza. La revelación de que, tal y como Nadia había insinuado, era tan insensible y egoísta como él, le había sacudido hasta la médula. Y acababa de demostrar que Nadia estaba en lo cierto.

Lanzando un juramento, salió tras ella.

—Nadia —sujetó la puerta para que ella no pudiera abrirla, pero Nadia no se volvió. Ethan inclinó la cabeza y le rozó el cabello con los labios—. Lo siento.

—No tiene importancia.

—Claro que la tiene —Ethan notó que Nadia temblaba.

–No te culpo por creerme capaz de hacer algo así –dijo ella en un susurro.

Pero Ethan no estaba de acuerdo. En el fondo, debía haber sabido que Nadia, con sus grandes ojos verdes y su rostro en forma de corazón, no pretendía herir a nadie. Sin embargo, en aquel momento era ella quien sufría, y él tenía la culpa.

–Podías haber hablado conmigo –musitó Nadia.

–¿Y qué te podía contar? –Ethan sintió que se le helaba la sangre–. No creas que me conoces mejor solo porque has conocido a mi caótica familia.

–¿No era eso lo que pretendías?

Ethan apretó los dientes. Su intención inicial había sido incomodarla, pero le había salido el tiro por la culata, y había acabado siendo él quien se sentía enfadado y avergonzado.

–La forma en que te has comportado dice mucho de ti –balbució Nadia.

Ethan negó con la cabeza.

–Te equivocas.

Nadia no sabía nada porque él mismo acababa de descubrir varias cosas. Asió el pomo de la puerta con fuerza, luchando contra el impulso de tomar a Nadia en sus brazos.

–No eres el hombre superficial y despreocupado que finges ser. Eres sensible y te importa tu familia.

Resultaba irónico que Nadia viera algo bueno en él cuando Ethan acababa de descubrir lo peor de sí mismo.

–No tienes ni idea de lo que dices, Nadia.

Era ella quien había estado en lo cierto al decir que se ocultaba bajo la superficie porque, en el fondo, era tan insensible como su padre y temía las relaciones, el compromiso y el matrimonio. No cabía duda de que sentía pasión por su trabajo, pero no estaba dispuesto a cargar con la responsabilidad de una familia o de la felicidad de una mujer.

Por eso se resistía a empezar una relación y a herir a alguien una y otra vez, tal y como había hecho su padre con su madre. Y Nadia era una mujer destinada a tener una relación duradera. Era romántica, idealista; estaba un poco confundida y había sufrido, pero seguía teniendo un corazón tierno.

Y por algún motivo que desconocía, todas esas características la hacían más atractiva para él. Pero no era el hombro adecuado para ella, y no estaba dispuesto a hacerle daño.

Suspiró profundamente para librarse del dolor que le atravesaba el pecho, pero cometió un error al inspirar el delicioso aroma de Nadia. Su proximidad era electrizante; tener tan cerca su delicado cuerpo, su explosiva pasión, era demasiado tentador. Ella permanecía con la cabeza inclinada, esperando… ¿qué? ¿Lo inevitable? Él debía mantenerse firme en su decisión.

Soltando el pomo, empujó la puerta para abrirla y dejar entrar a Nadia.

No seguirla al interior fue lo más difícil que Ethan había hecho en toda su vida. Era injusto que hacer lo correcto fuera tan doloroso.

Capítulo Nueve

Nadia se quedó mirando la pantalla del ordenador un buen rato y volvió a cerrarla. Habían pasado ya tres días y todavía no había escrito nada en el blog.

Le sonó el móvil y no reconoció el número.

—¿Sí?

—No has actualizado tu blog.

Era él.

—Tú tampoco —dijo Nadia, consiguiendo imprimir a su voz un tono animado.

—Un caballero siempre deja dar el primer paso a una dama.

—Todavía no estoy preparada para escribir. Además, hay un problema.

—¿Cuál?

Nadia se llevó la mano al pecho para intentar frenar su corazón a la vez que decía las palabras que había practicado durante días.

—No puedo contradecir las opiniones del blog cuando algunas de las cosas que se dicen son totalmente ciertas.

—¿Por ejemplo?

—Que todo acaba después de tres citas.

Nadia oyó a Ethan contener el aliento.

–¿Quieres que nos citemos por cuarta vez?

Nadia quería eso y mucho más, pero tenía la certeza de que no lo conseguiría.

–No sé cómo puedo decir que esas mujeres se equivocan si solo salimos tres veces.

–¿Pero estás pensando en contradecirlas en otros aspectos?

Al contrario de lo que Nadia había esperado, Ethan no sonaba especialmente ufano. Lo cierto era que ella no quería escribir ni una palabra más sobre ellos.

–Nadia, sabes lo que pasará si volvemos a vernos –dijo Ethan. Ella se mordió el labio. Ethan añadió–: ¿Estás dispuesta a correr el riesgo?

–La vida es muy aburrida si uno no se arriesga –Nadia esperó la respuesta de Ethan con los nervios a flor de piel.

–Una cosas es correr riesgos y otra ser temerario. Me había prometido no volver a verte.

–No tienes por qué hacerlo –Nadia contuvo el aliento durante una espera que se le hizo eterna.

–Claro que quiero –dijo él–. Salgamos a cenar. Todavía no hemos tenido una cita tradicional. Voy a estar unos días fuera. ¿Qué tal te va el viernes?

–Muy bien –dijo Nadia, aunque le parecía que faltaba una eternidad–. ¿Dónde estás?

–En Alemania, intentando no pensar en ti.

–¿Lo estás consiguiendo?

–Te he llamado, así que parece que no.

Nadia sintió que toda ella se curvaba en una sonrisa. Se produjo un ruido en la línea y oyó voces.

–Tengo que irme –dijo Ethan. Su voz llegó entrecortada–. Será mejor que escribas algo en el blog o perderás seguidoras.

–Lo mismo digo.

–No tengo tiempo. Nos vemos el viernes.

Nadia colgó y por fin pudo concentrarse en su trabajo.

A la mañana siguiente, entró en el blog de Ethan para ver si había escrito algo, pero vio que había retirado los comentarios más hirientes y había añadido una nota anunciando que, a partir de entonces, pasarían un filtro antes de publicarlos. Parecía haber sufrido un ataque de caballerosidad.

Por debajo de su fachada de playboy, Ethan era un hombre amable, que trataba bien a las mujeres mientras estaba con ellas. Otra cosa era que quisiera una relación íntima. El fracasado matrimonio de sus padres debía estar en la raíz de su rechazo a establecer un compromiso. Era evidente que él y su padre se llevaban mal. Todo ello significaba a su vez que ella no sería nada más que una aventura pasajera, y que era tan estúpida como para, aun así, desear convertirse en mucho más que eso.

Los días pasaron con una lentitud insoportable. Cuando llegó el viernes, Nadia se preparó anticipadamente, practicó respiraciones de yoga y esperó. Intentó no mirar el reloj cada diez segundos y fracasó. Llevaba un vestido nuevo y las uñas de las manos y de los pies pintadas a juego.

Pero el tiempo pasaba y no había una llamada a la puerta. El sol se puso y Nadia se quedó inmóvil en una silla. Finalmente, oyó que entraba un mensaje de texto en el teléfono y adivinó lo que decía antes de abrirlo. Ethan ni siquiera se molestaba en verla en persona. Nadia sintió que los ojos se le llenaban de lágrimas. Según el mensaje, Ethan había perdido el avión y llegaría demasiado tarde como para ir a cenar.

Nadia no creyó ni una palabra. Estaba segura de que Ethan se había visto forzado a fijar aquella cita, pero en ningún momento había pensado en acudir a ella.

Ethan había intentado olvidar a Nadia diciéndose que encontraría a otra mujer igual de atractiva y trabajando hasta quedar exhausto, pero no lo había conseguido.

Miró de nuevo el teléfono. Seguía sin recibir respuesta y no quería llamar porque suponía que Nadia estaría malhumorada. Odiaba desilusionarla y que todo se hubiera complicado tanto. Pero tenía que verla una vez más. Estaba obsesionado con ella. Así que iría a disculparse en persona. Sin embargo, eso no iba a aplacarla en las siguientes horas. Marcó un teléfono rápidamente.

–Polly, necesito que me hagas un favor. Tienes que mandar un ramo de flores espectacular a Nadia.

***

Llamaron a la puerta. Nadia se miró en el espejo de camino y maldijo entre dientes las ojeras que la delataban, aunque pensó al instante que daría lo mismo, porque no sería Ethan.

Era un mensajero con un enorme ramo de flores. Nadia las tomó sin decir palabra y cerró de un portazo. Las acompañaba un mensaje: «Lo siento».

Las dejó sobre la mesa y rompió la tarjeta en pedazos.

Debía estar riéndose de ella. Furiosa, decidió que tenía que hacer lo que fuera para sentirse mejor. Encendió el ordenador y entró en la base de datos del administrador de MujerAlerta. Estaba decidida a contactar en privado a las mujeres que habían escrito sobre él para compartir su rabia. Se solidarizaría con aquellas que compartían la humillación de haber sido una conquista de Ethan Rush. Patalearía, gemiría y maldeciría.

En primer lugar les envió un mensaje preguntándoles si querían compartir más información. Lanzó una mirada a las flores y tuvo la tentación de tirarlas a la basura, pero finalmente las puso en el cuarto de Megan.

Al volver, comprobó si había recibido alguna contestación, pero no había nada.

Fue al baño, se dio una ducha caliente, se desmaquilló y se puso unos pantalones cortos y una camiseta de MujerAlerta. Mientras esperaba a recibir algún mensaje, decidió ver una película de terror y beber vino. Vería todo *Pesadilla en Elm Street* para poner las cosas en perspectiva. Por comparación, la vida real le parecería menos espantosa.

Llevaba veinte minutos de la tercera película cuando llamaron a la puerta. Era demasiado tarde para una visita. Abrió una ranura de la puerta y dejó que se abriera de par en par.

–¿Qué haces aquí? –preguntó, sintiendo una mezcla de incredulidad, alivio, placer e incertidumbre.

–Acabo de llegar.

–¿Es verdad que habías perdido el avión?

–¡Sabía que no me creerías! –dijo Ethan dejando caer la bolsa de viaje–. Por eso le he pedido a Polly que te mandara las flores. Aun así no me has contestado.

–Suponía que si estabas en el avión no lo recibirías.

–No es verdad. No me creías, o no confiabas en mí o…

–¿O qué? –saltó Nadia a la defensiva–. Me has mandado tus habituales flores de despedida.

Ethan frunció el ceño.

–La tarjeta debía decir que lo sentía.

–Y lo decía.

Ethan cerró los ojos y resopló.

–No debía haber venido. Es tarde y los dos estamos de mal humor –tomó su bolsa.

–No –recuperándose de la sorpresa, Nadia le sujetó el brazo–. Pareces agotado. Pasa y tómate algo.

Ethan titubeó.

–¿No has hecho otros planes al saber que no llegaba?

–Claro que sí –dijo Nadia, tirando de él–. He

visto varias películas y he tomado una gran cantidad de helado.

–¿No hay nadie en tu sofá? –preguntó Ethan, entrando.

–¿Eso es lo que te preocupa? –Nadia lo soltó–. ¿Has venido a comprobarlo?

–Dijiste que lo nuestro no era exclusivo.

–¿Qué esperabas que dijera? –Nadia cerró la puerta–. Tengo orgullo, ¿sabes?

–Desde luego que lo sé –por fin, Ethan sonrió, aunque estaba desconcertado. Había decidido no ir a verla, pero al subir al taxi había dado sus señas automáticamente. De pronto estaba exhausto, y no tanto por el viaje como por el alivio de ver los ojos de Nadia brillar de nuevo con placer y deseo.

Se echó en su enorme sofá. La deseaba, pero no podía ni mantener los ojos abiertos.

–No he dormido –masculló–. No he parado de trabajar.

–¿Quieres decir que no has ido a bares de *striptease* en Alemania?

La risa de Ethan se convirtió en una gruñido porque no tenía energía ni para reírse.

–Lo siento. No soy la mejor compañía. Estoy cansado –debía irse a su casa, pero no quería. Tampoco quería desilusionar a Nadia, que era lo que estaba haciendo.

–Cállate –dijo ella como si la aburriera–, estoy intentando ver la película.

Y como si quisiera demostrarlo, subió el volumen.

Aunque tenía los ojos cerrados, Ethan sonrió,

encantado con lo agradable que Nadia estaba siendo con él, a su manera. Solo necesitaba descansar un poco. Luego se ocuparía de ella.

–¿Ethan?

Nadia lo miró sorprendida. Se había acomodado con la cabeza apoyada en su regazo, lo que le resultaba agradable y frustrante a un tiempo. ¿Cómo podía dormirse mientras veía una película de terror?

Nadia le acarició la barbilla. Ethan estaba profundamente dormido. Una hora más tarde, la película había terminado y ella no tenía sueño. Tampoco había estado demasiado atenta a la película porque se había dedicado a contemplar a Ethan. Estaba contenta. Y preocupada. Ethan iba a despertarse con un espantoso dolor de cuello.

Le acarició la sien, deleitándose en poder tocarlo tan íntimamente. Al ver que no se movía, le susurró al oído:

–Ethan, despierta. Vas a tener tortícolis.

Estaba tan dormido que pensó que era una crueldad insistir.

Cambió de la película a una estación de radio y bajó el volumen. Luego se reclinó sobre el respaldo y, a la vez que le acariciaba el cabello a Ethan, intentó acompasar su respiración a la de él y relajarse.

–¿Nadia?

–¿Mmm? –murmuró Nadia desde un delicioso sueño.

–¿Nadia?

Esta se despertó al darse cuenta de que la voz

que había creído soñar era real y sonaba socarrona. Bajó la mirada al sentir el cálido peso en su regazo.

–¿Qué hacemos aquí? –preguntó Ethan con ojos chispeantes.

–Pesabas demasiado para llevarte a la cama.

–¿Me querías en tu cama? –Ethan se giró sobre el costado hacia ella.

–Ajá –se limitó a decir Nadia, para evitar sonar demasiado anhelante.

–Te he echado de menos –masculló él a la vez que le deslizaba las manos por debajo de los pantalones.

Nadia se estremeció e instintivamente separó las rodillas para dar acceso a sus dedos. Tragó saliva, intentando controlar su acelerada respiración. ¡Cuánto ansiaba sus caricias!

Ethan alzó la cabeza súbitamente y miró a su alrededor.

–¿Qué pasa? –preguntó ella.

–Estoy buscando la cinta de ejercicio –bromeó él–. Por cómo te bombea la sangre diría que has estado haciendo ejercicio mientras dormía.

Aprovechó el movimiento para subir los dedos, y Nadia sospechó que ese había sido el objetivo real de incorporarse. Separó las piernas un poco más.

–Llevas cinco horas durmiendo con la cabeza en mi regazo –dijo, jadeante–. Estoy ardiendo.

–¿Así que soy yo quien te acalora? –Ethan volvió a reposar sobre ella–. ¿Te gusta tenerme tan cerca?

Nadia sonrió con picardía.

–Me habría gustado más si hubieras estado despierto y yo desnuda.

–Ahora estoy despierto, pero no hace falta que te desnudes.

Ethan retomó sus caricias, más delicadas, más provocadoras. Continuó el movimiento ascendente con una mano por debajo de la camiseta de Nadia, amasándole los senos y los pezones endurecidos.

–Ni bragas ni sujetador –dijo él en un gemido de aprobación.

Nadia apoyó la cabeza en el respaldo. Su cuerpo ansiaba su tacto; estaba caliente y húmedo y daba la bienvenida a sus dedos. Se mordió el labio y cerró las rodillas, atrapando la mano de Ethan a la vez que la sacudían las contracciones del placer.

–Hacerte llegar es excitante –masculló Ethan incorporándose–. Y fácil.

Nadia intentaba recuperar la respiración. Solo era fácil por lo mucho que la atraía. Y humillante.

Pero entones vio que Ethan se levantaba y se quitaba la ropa precipitadamente y a Nadia se le pasó la vergüenza al ver cómo le temblaban las manos al sacar un condón del bolsillo. Así que había acudido preparado...

Nadia se arrodilló en el sofá y disfrutó de la escena. Su cuerpo estaba aún más caliente. Ethan era puro músculo y en aquel momento los tenía todos en tensión.

–Ponte de pie en el sofá –ordenó él.

Nadia lo miró sorprendida.

Ethan la alzó, la colocó encima del sofá ante sí y le quitó los pantalones y la camiseta.

–Quiero besarte aquí –le succionó un pezón–. Y aquí –fue dejando un rastro de besos hacia su vientre.

–Está bien –dijo ella. ¡Mucho más que bien!

Ethan rio entre besos. Le bajó las manos a los muslos para separárselos y ella fue deslizando los pies hacia fuera. Su cuerpo estaba laxo y maleable, mientras que él de él estaba tenso y abrasaba. Nadia ansiaba saber cómo pensaba hacerlo.

Le apoyó las manos en los hombros mientras él permanecía en el suelo. Podía mirarlo directamente a los ojos y vio que sonreía. Con sus poderosas manos le mantuvo los muslos separados al mismo que le proporcionaba apoyo. Algo que Nadia necesitó cuando él la penetró súbita y profundamente, haciendo que se le vencieran las rodillas. Nadia le rodeó el cuello y se asió a él con fuerza. Pronto empezó a gemir, deleitándose en la plenitud de su invasión, en la fuerza de sus embates. Cada choque era más poderoso que el anterior y en cuestión de segundos Nadia sintió que estallaría. El hueso pélvico de Ethan golpeaba su centro de placer; sus pechos se frotaban contra su torso, en otra estimulante fricción. Pero aún más excitante era estar a la misma altura que él, con los ojos al mismo nivel. Podía ver la pasión y el primario deseo que se reflejaba en los de Ethan y la sensación era de tanta intimidad y tan intensa que tuvo que cerrar los suyos.

–Mírame –gimió él–. Deja que te vea –dijo, manteniendo el ritmo, sabiendo bien lo que hacía, consciente de lo cerca que estaba Nadia, de lo turbada que estaba por la intensidad de su deseo.

Nadia sabía que quería verla alcanzar el orgasmo. No quería perderse nada, quería conocer sus deseos ocultos y saber que era él quien los satisfacía. Y ese pensamiento, en parte aterrorizador, la hizo estallar al instante.

El cuerpo se le tensó antes de ser arrollado por unas oleadas tan poderosas y convulsas que por un instante tuvo miedo. Pero al mismo tiempo eran tan maravillosas que dejó de pensar. No supo su gritó porque solo oyó la entrecortada respiración de Ethan, que la sujetaba con fuerza en medio de la embriagadora avalancha, obligándose a permanecer un paso detrás de ella.

Nadia tomó el aire a bocanadas mientras él seguía meciéndose con fuerza. Enredó los dedos en su cabello para que no pudiera apartar la mirada. Rio sensualmente al ver su rostro crispado por el esfuerzo que estaba haciendo para contenerse, las venas palpitantes, los músculos agarrotados, la expresión desvariada de sus ojos.

—Sí, sí —gimió Nadia, sintiendo la sangre palpitar en su sexo y volviendo a alcanzar el éxtasis al verlo tan anhelante, tan excitado por ella.

Los movimientos de Ethan se aceleraron. Su cuerpo perdió la batalla contra la contención. Dejó escapar un grito gutural, profundo, a la vez que el placer máximo lo golpeaba. Llevó las manos a la cintura de Nadia y se asió a ella, apoyando la cabeza en su hombro.

Ella pudo sentir su aliento contra la piel sudorosa. Las piernas le temblaban. También el corazón.

–¿Vas a soltarme? –preguntó con un hilo de voz.

–No –dijo Ethan. La tomó en brazos, recogió otro condón que había caído al suelo y preguntó:

–¿Dónde está tu cuarto?

Nadia se lo indicó. Ethan la dejó sobre la cama y se echó sobre ella, apoyándose en los codos para liberarla de parte de su peso.

–¿Quieres ser dominante? –bromeó ella para intentar recuperar cierto control sobre sus emociones.

–No –dijo él.

Nadia perdió el habla al ver el fuego que volvía a prender en los ojos de Ethan. Él inclinó la cabeza y, con un beso, aniquiló la última neurona que le quedaba. Sujetándole el rostro entre las manos, hizo varias incursiones con la lengua en su boca.

En segundos, Nadia alzaba las caderas hacia él, hambrienta y eufórica, y le recorría la espalda con las manos. Ethan la miró con una sonrisa satisfecha al verla retorcerse contra él.

En un susurro que pareció un ronroneo, dijo:

–No vas a volver a huir de mí.

Una luz cegadora inundaba la habitación. Nadia suspiró perezosamente, resistiéndose a enfrentarse a la vida real. Se giró sobre el costado y vio a

Ethan, apoyado en el cabecero, sobre las almohadas, leyendo un libro.

–¿Qué lees? –preguntó ella.

–Lo he encontrado en la estantería. Está muy bien. ¿Qué hacemos ahora, Nadia? –preguntó, mirándola pícaramente.

–¿Ducharnos?

Fue una buena idea. Cuarenta minutos más tarde, había tanto vapor en el cuarto de baño que el extractor se paró. Maldiciendo, Nadia se subió a un taburete para arreglarlo, pero Ethan la quitó de en medio y alargó la mano hacia el techo. Ella lo miró airada e intento empujarlo.

–¡No me trates como si fuera una niña incompetente!

Ethan rio.

–No proyectes tus complejos en mí –dijo, sujetándola a un lado.

–No lo hago –Nadia se revolvió para que la soltara–. La gente cree que soy una muñequita que no puede valerse por sí misma.

–Cariño, te aseguro que yo sé que puedes manejarte sola perfectamente –Ethan la tomó por las nalgas–. ¿Pero no es agradable que te ayuden de vez en cuando?

–No aguanto que se me trate de forma paternalista.

–¿No admites ninguna limitación física? Todos las tenemos y no pasa nada.

–Me niego a sentirme limitada. Puedo hacer cualquier cosa. Mis padres no querían que me mudara a la gran ciudad, nunca creyeron que consi-

127

guiera un trabajo en una gran empresa como Hammond. Pero aunque no dé la talla, tengo el cerebro necesario.

–¿Y con tus ácidos comentarios en Internet quieres demostrar tu poder? –Ethan sacudió la cabeza–. No entiendo por qué.

–Tú no te has pasado la vida luchando contra la idea de que no eres tan capaz como los demás solo porque eres bajo.

–Pero demostrar que eres capaz no quiere decir que lo tengas que hacer todo sola. Hay algunas cosas para las que se necesita a otra persona –para demostrarlo, Ethan la levantó en brazos y le hizo sentir su sexo.

–¡Pero no es justo!

–La vida no lo es. Es cierto que soy más fuerte que tú y que eso tiene algunos beneficios de los que tú puedes disfrutar.

Nadia sabía que estaba bromeando para neutralizar su enfado. Y lo estaba consiguiendo.

–¿Ah, sí? –dijo, insinuante.

–Te excita que te presione contra la cama –musitó él, besándole el cuello–. Te gusta que te tome en brazos, tanto como a mí tomarte. Pero los hombres tan grandes como yo somos vulnerables, ¿sabes? Todo el mundo tiene debilidades.

–¿Ah, sí? –repitió Nadia–. ¿Y cuáles son?

–¿Crees que voy a darte el poder de conocerlas? –dijo Ethan, riendo–. Jamás.

–¿No crees que yo las tenga? –preguntó Nadia, siguiendo la broma.

Se miraron unos segundos en silencio.

–¿Quieres descubrirlas por ti misma? –dijo Ethan al fin en tono insinuante.

Era de esperar que siempre volviera al sexo. Cada vez que la conversación los conducía hacia algo más personal o emotivo, la besaba o la seducía. Pero en aquel momento, Nadia estaba dispuesta participar en el juego.

Una hora más tarde, Ethan se dio una rápida ducha y al salir con una toalla envuelta a la cintura encontró a Nadia en el ordenador, escribiendo. Colocó una silla a su lado y miró lo que estaba haciendo.

–¡Qué buen ordenador! –comentó. La pantalla era enorme.

–Sí –Nadia arrugó la nariz–. Costó un dineral.

Estaba revisando los numerosos correos que había recibido, comprobando que no había problemas con los comentarios que habían entrado en MujerAlerta y respondiendo a algunas consultas. Era extremadamente organizada. Tenía muchas carpetas, con nombres que hicieron gracia a Ethan.

–¿Qué carpeta tiene más documentos? –preguntó, señalándolas.

–¿Cuál crees? –preguntó ella a su vez, a la vez que se levantaba y contestaba el teléfono–. ¡Hola, Megan!

Ethan evitó escuchar la conversación y se concentró en el mensaje que estaba en la pantalla:

¿Podrías hacer una lista con los diez peores hombres? ¿Podríamos votarlos? Yo he conocido al peor de todos…

Otra mujer amargada. Ethan sacudió la cabeza y pasó al siguiente:

Quiero darte las gracias por MujerAlerta. No porque piense que todos los hombres son unos sinvergüenzas, sino por escucharnos y dejarnos compartir nuestras experiencias con otras mujeres que han pasado por traumáticas experiencias. En mi caso, fui violada, aunque durante años no le di ese nombre e incluso me sentí culpable. Ahora sé que no fue así. Nunca se lo había contado a nadie hasta que encontré tu blog, y hacerlo me ha ayudado mucho.

La mano de Nadia apareció por un lateral, tomó el ratón y guardó el mensaje en una carpeta.

–Algunos de los mensajes no entran en el foro público –dijo–. Hay algunas entradas privadas.

–Claro –Ethan se apoyó en el respaldo de la silla y dejó escapar el aire que no sabía que estaba conteniendo–. ¡Qué espantoso!

–Sí –Nadia se sentó.

–¿Qué le dices a alguien que ha pasado por algo así?

–No se trata tanto de respuestas como de darles un espacio para expresarse y proporcionarles enlaces con información. No soy psicóloga, solo sirvo de intermediaria.

Observó su perfil y vio que tenía ojeras. Necesitaba descansar, y él también. Pero en su caso el agotamiento no era físico, sino emocional.

–Debería marcharme –dijo, aunque al instante deseo que ella le pidiera que se quedara.

–Vale –dijo Nadia sin apartar la mirada de la pantalla–. Mi compañera de piso llega esta noche y tendremos mucho de qué hablar.

–Claro –dijo él, intentando disimular su desilusión. Miró el mensaje que Nadia estaba leyendo.

¿Crees que la debilidad es hereditaria? Durante años mi madre permaneció con mi padre a pesar de que la engañaba. Yo juré que no haría lo mismo, pero ahora mi novio me ha engañado y no quiero dejarlo...

–Mi padre engañaba a mi madre constantemente, hasta que la dejó por una de sus «ayudantes». A la que también engañó. Como a todas las mujeres que ha tenido después. Pero Jess se ha casado y Tom jamás la engañaría. Dile a esa mujer que no es una característica hereditaria.

–Lo haré –Nadia dio un paso adelante–. ¿Cuándo se divorciaron?

Ethan tomó su bolsa.

–Yo tenía catorce años. Fue un alivio.

–¿Por qué?

–Nadia, no quiero hablar de ello –¿qué quería saber? ¿Las noches que había oído llorar a su madre? ¿La imposibilidad de que su padre les hiciera caso porque estaba siempre ocupado con alguna mujer despampanante? ¿Los esfuerzos que había hecho para arrancar una sonrisa a su madre?

–Ya lo sé –Nadia lo miró fijamente–. Pero quizá deberías hacerlo.

Ethan no dijo nada. No quería contar su triste historia. Él se especializaba en hacer sonreír.

Nadia lo acompañó a la puerta.

–Adiós. Ha sido…

Ethan la interrumpió.

–No digas «agradable» –dijo. Sentía que su confusión aumentaba por segundos–. Pásalo bien con tu compañera de piso.

Nadia tenía una vida y estaba ocupada. Tanto, que no le quedaba espacio para él. Dedicaba tanta energía a su trabajo, su blog, sus amigos… ¿Y? ¿Tenía celos? Evidentemente, necesitaba dormir.

Ethan caminó a casa frustrado. Trabajó un rato, habló con algunos amigos y decidió pasar una noche de sábado tranquila. La primera en muchos años. Y la pasó delante del ordenador.

Hace días que no os cuento cómo van las cosas, y he decidido no hacerlo porque la situación es mucho más complicada de lo que parecía originalmente. Solo quiero pasar este mensaje a las mujeres que están ahí fuera. ¿Queréis una pista sobre la psique humana? Aquí la tenéis: al contrario que las mujeres, que sentís la necesidad de compartir, a los hombres no nos gusta analizar las cosas. A los hombres nos gusta la acción. Así que, dejadnos actuar, dejad que hagamos las cosas que nos gusta hacer por vosotras.

¿Qué significaba aquello?

–¿Vas a compartirlo conmigo, Nadia? –preguntó Megan, entre inquieta y curiosa.

Nadia negó con la cabeza. Ya había compartido demasiado en las últimas veinticuatro horas… con Ethan.

Capítulo Diez

Ethan no llamó el domingo ni mandó un mensaje ni escribió en su blog. Así que Nadia tampoco lo hizo, aunque pensó en él cada minuto del día. Y trabajó, trabajó y trabajó en su página.

El lunes por la mañana, muy temprano, Megan la llamó desde el vestíbulo.

—Nadia, hay alguien que quiere verte.

¿A las siete de la mañana? Nadia fue hacia la puerta, desconfiando de la mirada maliciosa de Megan. Pero al llegar, la comprendió. Ethan, espectacular, la esperaba con aspecto relajado y seguro de sí mismo.

—¿Qué haces aquí?

—Pensaba acompañarte al trabajo.

Nadia vio que traía con él una bicicleta de montaña, y no logró salir de su confusión.

—Voy por mi bolso.

Y fue hacia la sala, cerrando la puerta a su espalda.

—Oh, Nadia, Nadia, Nadia —dijo Megan con una sonrisa de oreja a oreja.

—Oigas lo que oigas en los próximos diez minutos, no salgas, ¿de acuerdo? —ordenó Nadia a su amiga.

Megan abrió los ojos desmesuradamente.

–De acuerdo.

Nadia terminó de arreglarse, se calzó los patines y salió, cerrando la puerta tras de sí. Al atarse el casco, miró a Ethan. Él dio la vuelta a la bicicleta, listo para partir. Entonces Nadia se aproximó a él y sacó su sorpresa. Un espantoso sonido que taladraba los oídos los ensordeció.

–¿Qué demonios es eso? –gritó Ethan, mirando a su alrededor.

Nadia señaló un rectángulo negro que llevaba en la cintura.

–Es una alarma –gritó a su vez–. Al tirar de esta cuerda salta este horroroso ruido, así que no necesito un guardaespaldas para ir a trabajar, Ethan. Puedo cuidar de mí misma.

–No he venido por eso –dijo Ethan. Nadia silenció la alarma y miró a Ethan fijamente, convencida de que mentía.

–Bueno, en parte sí –admitió él.

–No te necesito –dijo ella, alzando las cejas.

Ethan cerró los labios firmemente y guardó silencio unos segundos. Finalmente dijo:

–¿Por qué crees que todos los hombres somos iguales? ¿Por qué crees que somos o depredadores o protectores? Sé que puedes cuidar de ti misma, Nadia. Eso no significa que no esté más tranquilo si te acompaño a cruzar el parque a esta hora de la mañana. No sé qué hay de malo en ello. No pretendo impedir que hagas lo que quieras, ni creo que lo consiguiera. ¿Pero por qué no podemos juntos hacer cosas divertidas? ¿Por qué tienes que

ponerte a prueba constantemente? –lanzó un re-
soplido de exasperación–. Sinceramente, si estoy
aquí es porque quería verte. ¿Te parece un cri-
men?

–No –Nadia dio un par de pasos para ocultar la
sonrisa que le iluminó el rostro–. Me parece perfecto.

Y al volverse vio que él también sonreía.

Hacía una mañana espectacularmente clara.
Nadia adoraba la libertad y la velocidad que le
proporcionaba patinar. Pero patinar al lado de Ethan era aún más maravilloso. Tenía razón, ir juntos lo hacía mucho más divertido. Y si había ido a
por ella era por el puro placer de pasar un rato en
su compañía. La adrenalina y la expectación fluye-
ron por sus venas, acelerándole el pulso.

Ethan pedaleaba deprisa, asombrado de lo rápida que era Nadia. Y sexy. Había pasado el día anterior alejado de ella y había odiado cada segundo. Ansiaba estar con ella, y cuanto más cerca
la tenía más la deseaba. Nuca había deseado tanto
a nadie. Ni había querido exigirse tanto a sí
mismo con nadie. ¿Qué había pasado con el hombre despreocupado que se despedía con una sonrisa?

–Si hago ejercicio contigo me va a dar un ataque al corazón –masculló cuando llegaron al trabajo de Nadia. Apoyó la bicicleta contra la pared
del edificio y puso los brazos en jarras–. ¿Tenéis
una ducha?

–Sí –Nadia se quitó el casco y sacudió la cabeza
para soltarse el cabello.

–¿Se admite a gente de fuera?

–No –dijo Nadia. Pero con un pícaro gesto, le susurró al oído–. ¿Tienes algo contigo?

Ethan reflexionó un segundo y se le desplomó el corazón. ¿Cómo podía haber sido tan estúpido como para no llevar un condón?

Sorprendentemente, el rostro de Nadia se iluminó.

–Hay una sala de estar en la planta baja –dijo.

Ethan no comprendió de qué les serviría si no podían hacer lo que tanto ansiaba, pero la siguió. Como era muy temprano no había nadie en la recepción. Solo un guarda de seguridad que no pareció sorprenderse de su presencia. Nadia fue directa a una habitación pequeña, cerró la puerta con llave y empujó a Ethan contra esta.

–No puedes ir al trabajo así –dijo, sonriendo a la vez que le bajaba la bragueta.

–No te preocupes –dijo él entre dientes. Su cuerpo se rebeló contra sus palabras–. De verdad, no...

A Ethan se le paró el corazón al ver que Nadia se arrodillaba ante él e iba sin vacilar a su centro de placer. Todo su cuerpo, excepto ese órgano, colapsó y se estremeció al sentir el movimiento de vaivén de la boca de Nadia; primero suave, luego más firme.

Nadia usó las manos con firmeza, una en su miembro, la otra en sus testículos. El cuerpo de Ethan vibraba como si quisiera salírsele de la piel. Enredó los dedos en el cabello de Nadia y apoyó con fuerza la cabeza en la puerta, con la mirada desenfocada a medida que las sensaciones internas se agudizaban.

—Nadia —dijo entre dientes, intentado avisarla—. Nadia, por favor…

Pero ella no le hizo caso, y ya fue demasiado tarde. Ethan dejó escapar un gemido al sentir un abrasador placer recorrerle las venas, proyectándose desde su interior hacia el cálido abrazo de Nadia.

La alzó y la estrechó contra su cuerpo, con su rostro apretado contra el pecho, donde la mantuvo hasta que, temiendo ahogarla, relajó el abrazo. Quería absorber la pulsante vida del interior del cuerpo de Nadia. El corazón le latía con fuerza, como si no le cupiera en el pecho. No podía articular palabra. Y no era solo por el sexo. Eso era lo más asombroso, y lo que le hacía un nudo en la lengua.

Finalmente, Nadia se separó de él y se retiró el cabello del rostro. Tenía las mejillas encendidas. Ethan la miró mientras se subía la bragueta con dedos temblorosos.

—Debería ir a cambiarme —dijo ella, mirando la puerta en la que él seguía apoyado.

—Quiero verte después —dijo él, arrastrando las palabras.

—Megan va a pasar la noche con Sam —dijo ella, ruborizándose más.

—Magnífico.

***

Diez minutos más tarde, después de una ducha fría, Nadia se sentó en el escritorio y llamó a Megan para decirle que fuera a pasar la noche con Sam y que no volviera hasta que la llamara.

El jueves todavía no la había llamado. Ethan la acompañaba a casa cada noche y le hacía el amor en cuanto cerraban la puerta. Solo en una ocasión llegaron al dormitorio. Otra, llegaron al sofá a trompicones; otra lo hicieron contra la puerta. Después, improvisaban algo para cenar y veían una película. Tras discutirlo, optaron por el género de acción. Raramente llegaban al final sin alguna apasionada interrupción. Entre medias de las películas, la cena y el tórrido sexo, trabajaban. Ethan en su portátil y Nadia en su ordenador. Hasta que Ethan intentaba convencerla para que fueran a la cama a... dormir.

–Trabajas demasiado –se puso detrás de ella y la abrazó para impedir que siguiera escribiendo–. Nadie puede hacer dos trabajos a jornada completa.

–Lo sé –admitió ella, solo porque sabía que Ethan la creía capaz de hacerlo.

–¿No podrías dejar Hammond y dedicarte exclusivamente al foro?

–No lo veo factible. Además, quiero tener éxito en Hammond.

–Nadia, ya lo tienes. Y cualquiera que te conozca lo sabe.

Aquella prueba de apoyo incondicional se merecía un premio. Nadia hizo girar la silla y, con una sonrisa provocativa, dijo:

–Vamos a la cama.

Pero a medida que pasaban los días se tenía que esforzar más para pensar solo en el presente. Pasaban cada segundo fuera del trabajo juntos y sabía que Ethan era leal. Lo había visto con su familia. Pero ella no era de su familia. Así que evitaba hablar de lo que estaba pasando porque no quería escuchar una respuesta evasiva. Sabía que estaba metida en un lío. Para Ethan, aquello era solo físico, pero en el caso de ella, cuanto más sexo tenían, más aumentaba el deseo. Y sus sentimientos se aproximaban cada vez más al terreno prohibido de la palabra «amor».

Así que fue sintiendo una creciente ansiedad y el agujero que sentía en el pecho se fue ahondando. Como una drogadicta, necesitaba constantes dosis de Ethan y cada vez mayores.

Al llegar el viernes, tenía los nervios a flor de piel. Tomó varios cafés mientras esperaba ansiosa a que llegara el final del día. A última hora, su jefe la llamó a su despacho y le hizo cerrar la puerta. Nadia lo miró con inquietud. Al ver que él esquivaba su mirada, se le heló la sangre. Algo iba mal.

–Hemos repasado los informes de los ordenadores de las dos últimas semanas –dijo su jefe.

Nadia sintió un sabor metálico en la boca.

–Nadia, sabemos que estás entrando en páginas, redes sociales y foros que no están relacionados con el trabajo.

–Solo un par de veces y por unos minutos –cuando Ethan no llamaba, cuando intentó anular las citas, cuando… Muchas veces.

Su jefe la miró en silencio.

—¿Es un aviso? —preguntó Nadia, confiando en salir ilesa.

—Nadia, el contenido de los foros era de naturaleza explícita.

Los habían leído. No era de extrañar que su jefe la mirara con aquella expresión, teniendo en cuenta los comentarios que la gente había dejado en el blog de Ethan. Sabía lo que significaba: despido instantáneo.

—¿Me estás despidiendo? —preguntó, como si no pudiera creerlo.

Pero claro que lo creía. Y no podía permitirlo, no podía perder su reputación, todo por lo que había luchado y que su familia no la creía capaz de conseguir.

—Lo siento, Nadia. No tengo otra opción.

Nadia lo sabía bien. Ella misma había redactado el manual de conducta.

—¿Cómo has podido cometer semejante error, Nadia? —preguntó su jefe, ya en corredor—. Sabes que tenemos cero tolerancia hacia este tipo de comportamientos.

—Lo sé. Es mi culpa —dijo ella, secándose las manos sudorosas en la falda.

Pero no lo era. La culpa era de Ethan y de su guerra de sexos.

Nadia abandonaba el edificio una hora más tarde; tomó un taxi con su caja de objetos personales. No había durado ni seis meses en su puesto y si no encontraba trabajo pronto no podría pagar el alquiler. Por otro lado, Megan estaba tan ena-

morada de Sam que Nadia estaba segura de que no tardaría en irse a vivir con él.

Su vida profesional había acabado.

Le sonó el teléfono.

—Acaban de despedirme.

—¿Por qué? —preguntó Ethan, incrédulo.

—Por comportamiento inapropiado al haber entrado en tu blog.

Tras un breve silencio, Ethan preguntó:

—¿Dónde estás?

—En casa. No quiero verte.

Pero Ethan ya había colgado.

Veinte minutos más tarde llamaba a su puerta. Cuando Nadia la abrió, entró sin esperar a que lo invitara.

—Nadia… —empezó, en un tono dulce y confortador.

Y Nadia necesitaba ser confortada. Su enfado se diluyó al instante. Quería que Ethan la abrazara y le dijera que todo iría bien y lo que ella significaba para él. Pero al mismo tiempo le aterrorizaba que no lo dijera.

—No quiero verte —dijo, temblorosa.

—¿Me culpas a mí? —el tono de Ethan se endureció.

—¿A quién si no?

—No lo sé —Ethan la miró. Para sorpresa de Nadia, sonreía—. ¿Por qué no a ti misma?

Nadia sintió que se le humedecían los ojos y le dio la espalda para ocultar las lágrimas.

–Nadia… –dijo él posándole las manos en los hombros.

Nadia se alejó de él.

–Te odio.

–No me odias –la sonrisa de Ethan podía percibirse en su tono–. Odias cuánto me deseas.

Nadia resopló, indignada.

–¡Eres el hombre más arrogante que conozco!

Ethan se acercó a ella con mirada ardiente.

–Nadia…

Nadia se mantuvo firme.

–¿Crees que todo se arregla con sexo?

Ethan suspiró.

–No es eso, sino que creo que lo que ha pasado no es tan grave como piensas.

Nadia lo miró boquiabierta.

–¿Que no es tan grave? Es una catástrofe. Has destrozado mi vida. Espero que estés satisfecho.

–Nadia, se honesta. Tu obsesión con ese trabajo era demostrar a los demás tu valía –dijo Ethan poniéndose serio–. Le has dedicado toda tu energía porque te entregas con toda tu alma a todo lo que haces, pero hay mil cosas más que te gustaría hacer, solo que no tienes el valor de hacerlas. Temes fracasar, por eso ocultas tu identidad en MujerAlerta. Eres una cobarde.

Nadia no daba a crédito a que Ethan no fuera consciente de hasta qué punto estaba devastada, ni asumiera la parte de responsabilidad que le correspondía. Necesitaba que le demostrara lo que le importaba, pero no lo estaba haciendo. Había sido una idiota.

–¿Yo, cobarde? –le gritó–. ¿Y tú, que jamás asumes ningún riesgo, que evitas cualquier conflicto manteniendo las relaciones a un nivel superficial? –tomó aire y reanudó el ataque–. Nunca quieres llegar a conocer a nadie de verdad porque no quieres confiar en nadie. Pasas de una mujer a otra asegurándote de acabar en buenos términos con ellas. Les mandas flores para dejarlas expectantes, preguntándose qué han hecho mal.

–¡No han hecho nada mal! –gritó Ethan a su vez–. Ya te he dicho que no me gustan ni las complicaciones ni las escenas.

–Ni comprometerte –Nadia usó la palabra que él siempre evitaba–. Por eso escapas antes de que llegue el momento. Eres tan despreciable como tu padre.

–¡No es verdad! ¡Yo no engaño a…!

–Pero hieres a las mujeres –saltó Nadia.

–¿Crees que no lo sé? –Ethan elevó aún más la voz–. ¿Crees que no he aprendido unas cuantas cosas en estas semanas? Podías tener un poco más de confianza en mí.

–¿Por qué, si no eres capaz de darte cuenta de la situación en la que me encuentro ni te sientes en parte responsable; cuando solo ofreces un consuelo físico como si fuera una tirita que lo curara todo?

Ethan sacudió las manos en un gesto de frustración.

–¿Qué quieres de mí? ¿Acaso no he venido? ¿No cuenta para nada que haya pasado aquí toda la semana?

–¿Por qué has estado aquí, Ethan? –preguntó Nadia, fuera de sí, a la vez que luchaba para contener las lágrimas.

–¿Y qué has recibido tú? –preguntó Ethan, despectivo–. No ha parecido que te cansaras de lo que podía ofrecerte.

Nadia sacudió la cabeza.

–He sido lo bastante idiota como para intentarlo a tu manera.

–Estás paralizada por el miedo –gritó Ethan por encima de ella–. Lo más fácil es pensar lo peor de mí, ¿verdad? Quizá tú misma seas la persona en la que menos confías.

–¿Y tú en quién confías? Dices que a los hombres no os gusta compartir, pero solo es una excusa. ¿Has probado a abrir tu corazón y liberarte de ese complejo?

–¿Igual que tú has superado tu experiencia con un tipo que te traumatizó?

Nadia perdió toda contención.

–Al menos a mí me importa la gente que me rodea. No quiero ser como tú; no quiero vivir en la superficie, sin sentir más que una insustancial emoción de vez en cuando.

Ella lo había perdido todo por algo que para él no representaba nada.

Ethan la observó en silencio.

–¿Eso es todo lo que ha habido entre nosotros?

–En el mejor de los casos –replicó Nadia, negando la profundidad de sus propios sentimientos–. Y ahora, lo único que quiero es que desaparezcas de mi vida.

Capítulo Once

Este blog pretendía dar a los hombres unas cuantas pistas, pero quien necesitaba una lección era yo. Chicas, podéis celebrar que DonTresCitasySeAcabó ha recibido su merecido. Ella lo ha dejado, y él está pasando por un infierno.

Ethan se quedó mirando la pantalla hasta que le dolieron los ojos. Nunca se había sentido tan mal. Nadia había representado un reto desde el primer momento; un reto maravilloso y aterrorizador a un tiempo.

No había comprendido el mensaje que había escrito unos días antes sobre la necesidad de que las acciones hablaran, y había interpretado lo que él había hecho erróneamente. Pero no podía culparla porque había sido el miedo lo que le había impedido verbalizar lo que sentía, que era mucho más que mero deseo físico.

Sin embargo, para ella, lo que habían compartido era insustancial. Había dicho que quería importarle, pero no parecía que Nadia se preocupara por él. ¿Tan poco deseable era? ¿Acaso no era digno de ser amado?

Eso era lo que verdaderamente lo torturaba.

Que al conocerlo mejor, Nadia se hubiera dado cuenta de que no daba la talla; de que su atractivo era puramente superficial.

Desde su juventud había estado obsesionado con que nadie volviera a abandonarlo. Por eso era encantador con las mujeres y las dejaba antes de que ellas lo hicieran.

Era la primera vez que una mujer lo dejaba. Y era insoportablemente doloroso porque era la mujer a la que más había querido dar; aunque no debía haber sido suficiente, puesto que Nadia ni siquiera se había dado cuenta.

Releyó lo que acababa de escribir. No valía la pena. Nadia nunca le creería. Una a una borró todas las palabras.

Nadia estaba acurrucada en su silla, con las rodillas pegadas al pecho, mirando la pantalla del ordenador. Ethan no había escrito nada y no tenía sentido esperar a que lo hiciera. Sus sentimientos no tenían ningún peso.

A ella la experiencia le había confirmado que no le iban los romances. No sabía usar a la gente. Solo ser utilizada, como Rafe había hecho en el pasado. No podía confiar en su propio criterio.

Oyó que entraba un mensaje y actualizó la página. Entre varios correos para MujerAlerta, dos que le produjeron una descarga de adrenalina. CafeínaAdicta y, un par de líneas más abajo MinnieM, dos de las mujeres que había escrito en la entrada de Ethan.

Por fin habían contestado el mensaje que había enviado la noche que creía que Ethan la había plantado. Con el corazón acelerado, abrió el primero. Fue una desilusión. Se limitaba a repetir lo de había dicho originalmente. Nadia frunció el ceño y abrió el otro. Lo mismo. Observó distraída los detalles que aparecían al principio de la página: la fecha de envío, la hora, el nombre, la dirección...

Nadia volvió al de CafeínaAdicta y un escalofrío le recorrió la espalda. Lo comprobó una vez más. Y otra.

Aunque los dos correos tenían diferentes nombres, habían sido enviados desde la misma dirección. Dos identidades y dos dominios remitían a la misma dirección. Y a la misma mujer,

Nadia sintió que los ojos se le humedecían al darse cuenta de lo que eso significaba. Y lo estúpida que había sido.

Recordó el primer encuentro con Ethan, cuando este había dicho que cualquiera podía aprovecharse del anonimato que proporcionaba su servicio para difamar a terceras personas. Había estado en lo cierto.

Ethan no se merecía el trato que le había dado; ni los comentarios de aquella mujer. Tenía que decírselo. Inmediatamente.

Ethan eliminó su blog. Nunca había pretendido herir a Nadia de aquella manera, solo enseñarle algunas cosas. Pero era ella quien le había hecho cuestionarse toda su vida. Su único objetivo era recuperarla. Se había hecho un hueco en su corazón y ya no podía, ni quería, sacarla de allí.

Tendría que convertirse en el hombre que ella quería. Un hombre profundo, dispuesto a comprometerse y a hablar. Debía correr el riesgo de que ella lo rechazara.

Llamó a su puerta. Conociéndola, era de esperar que estuviera todavía despierta. La mujer que abrió no era la que él quería ver.

–Eres Megan.

Megan no mostró ninguna sorpresa, pero tampoco sonrió.

–Nadia no está –tras una pausa, añadió–: Ha ido a verte.

–¿A mi casa? –preguntó él, esperanzado.

Sin esperar respuesta corrió a detener el taxi del que acababa de bajarse.

Nadia estaba en el camino de acceso a su casa. Ethan no supo si había ya llamado a su puerta o no, pero parecía a punto de irse. Sin pensárselo, la tomó de la mano y la condujo al interior. No tenía buen aspecto.

–¿Estás bien?

–Siento molestarte –dijo ella como una autómata–. ¿Tienes un minuto?

–¿Qué ha pasado?

Nadia se mordió el labio.

–He hecho unas búsquedas. Debía haberlas hecho antes.

–¿A qué te refieres? –Ethan reprimió el impulso de tomarla en sus brazos.

–Me puse en contacto con las mujeres que habían escrito sobre ti –dijo Nadia–. Una. Solo era una. Pero se registró con distintas personalidades.

Ethan evitó mirarla porque estaba seguro de que si lo hacía no podría evitar el impulso de tocarla.

–Así que tenías razón –Nadia habló tan bajo que apenas pudo oírla.

Ethan se metió las manos en los bolsillos. Sentía más lástima por ella que por sí mismo.

–Ahora me pregunto cuántas más habrán hecho lo mismo –la angustia teñía la voz de Nadia–. Yo las creía. Lo siento muchísimo. Ethan. He eliminado la entrada y voy a cerrar la página en cuanto avise a las participantes.

Nadia estaba destrozada. Hacía apenas dos semanas, él se habría sentido exultante, pero en aquel momento no tenía la menor gana de reír.

–No quiero que la cierres –Nadia era una idealista que creía en la gente, excepto en tipos como él. Creía que podía ayudar a los demás. Y podía–. No la cierres.

–Tengo que hacerlo. Ha perdido todo sentido.

–No es cierto. He visto algunos correos y está claro que ayudas a muchas mujeres. Solo porque algunas se aprovechen, no significa que tengas que darte por vencida. Igual que el hecho de que un hombre se aprovechara de ti no significa que tengas que desconfiar de todos.

–Pero si es a ti a quien ha perjudicado…

–¿Y eso empeora las cosas? –preguntó Ethan con dulzura.

–Sí.

El corazón a Ethan le latía desbocado, pero estaba decidido a ser honesto.

–Nadia, lo que decía el mensaje era cierto.

–No es verdad.

–Lo es –insistió Ethan, sintiendo que se rompía por dentro–. No sé lo que le hice a esa mujer, pero lo que decía es cierto. Soy superficial y arrogante –rio con tristeza–. Y lo que has dicho tú es aún más verdad. Creía que tenía una vida perfecta. Pero estaba vacía. Me encantaba mi trabajo y evitaba las relaciones porque suponían demasiado esfuerzo. No quería ser como mi padre y creía haberlo conseguido porque salía solo con una por vez; porque siempre era amable. Pero en el fondo era igual que él: usaba a las mujeres. He sido tan superficial que he querido creer que, mientras los dos lo pasáramos bien, nadie salía malparado.

Seguía sin poder mirar a Nadia por temor a la censura que esperaba encontrar en sus ojos.

–¿Pero sabes cuál es la patética verdad, Nadia? ¿Por qué solo quedaba tres veces? Porque temía que me hicieran daño. No me atrevía a otorgar a nadie el poder de herirme –masculló–. Hasta que te conocí y me di cuenta de lo equivocado que estaba. Has conseguido que desee todo lo que creía no necesitar.

Nadia dio un paso hacia él, pero temió tocarlo porque parecía abstraído y ajeno a ella.

–Ethan…

–Por favor, no te acerques. Si te tocara no te diría todo lo que quiero decirte. Lo siento, lo siento.

Pero no tenía por qué.

–Ethan, no tienes nada que ver con tu padre –Nadia tragó saliva para diluir la emoción que la atenazaba–. Eres un hijo, un hermano y un tío fantástico. Eres leal y sólido; tu familia cuenta contigo. Sabes hacerles sonreír y que se sientan mejor. Iluminas su mundo y esa es una habilidad que no tiene nada de superficial. Siento lo que te dije, porque es mentira. Claro que te importa la gente, Ethan.

–Pero nunca me ha importado nadie tanto como tú –dijo él–. Nunca he deseado a una mujer como te deseo a ti.

Nadia sintió que se le ponía la carne de gallina. Contuvo el aliento.

–Eres la mujer más apasionada que he conocido, y no me refiero al sexo –Ethan alzó la mirada y clavó los ojos en Nadia–. Te entregas con toda tus fuerzas. Puede que alguna vez te equivoques, pero también consigues cosas increíbles. Adoro la energía que le pones a todo. Quiero ser como tú –sacó las manos de los bolsillos y fue hacia ella–. Pero a veces parece que no necesitas a nadie y que quieres hacerlo todo sola.

¿Eso era lo que creía? ¡Qué equivocado estaba!

–Pero, como todos, necesitas a los demás –Ethan se inclinó y la tomó por los brazos–. Te gusta ser valorada y mereces ser amada por cómo eres, no por cómo otros quieren que seas.

Nadia no se esforzó en contener las lágrimas que rodaron por sus mejillas.

–Te amo, Nadia –concluyó Ethan en un susurro.

–No es verdad.

Era imposible. Ethan la asió con firmeza.

–Por favor, créeme. Cree en nosotros, en ti. Sé que eres valiente. Por favor, confía en mí.

–¡Pero cómo puedes quererme después de como te he tratado!

Ethan pareció relajarse.

–Los dos hemos hecho tonterías –sonrió–. Y es verdad que en un par de ocasiones no me has gustado nada. Pero te amo, y siempre te amaré.

Nadia no podía articular palabra, no podía pensar. Solo podía sentir una mezcla de sorpresa, incredulidad, alivio y dulzura.

–MujerAlerta hace muchas cosas buenas. Mejórala, no la anules. Y deja que te ayude. No porque no te considere capaz de hacerlo tu sola, sino porque me importa. Deja que esté a tu lado, animándote a lo largo del camino.

Nadia sonrió y el nudo que se le había formado en la garganta se deshizo.

–¡Cómo vas a querer implicarte en MujerAlerta!

–Porque para ti es importante y veo el potencial que tiene –Ethan suspiró–. Da lo mismo lo que la gente piense de mí –bajó la voz y añadió casi con timidez–. Solo importa lo que pienses tú.

Un arcoíris estalló en el pecho de Nadia, inundándola de color y ternura.

–Ethan, pienso que eres maravilloso –se puso de puntillas–. Te amo.

Ethan sonrió, pero en su mirada todavía había temor.

–¿De verdad?

–Deja que te lo demuestre –Nadia le recorrió el pecho con los dedos.

Ethan detuvo el recorrido descendente de sus manos.

–No quiero que creas que esto es solo sexo. Aunque sea el mejor que he tenido nunca, esto es mucho más...

–Lo sé –Nadia posó los dedos en sus labios–. Llévame a la cama, Ethan, y hazme el amor.

Ethan todavía vaciló.

–Creía que no...

Nadia recordó que la última vez que había estado allí se había negado a ir a su cama

–Ethan, las demás mujeres forman parte del pasado.

–A mí solo me interesa una –dijo él, solemnemente. Y con un brillo en los ojos, añadió–: Además, la semana pasada compré una cama nueva.

–¿Así que voy a ser la primera mujer que la use? –bromeó Nadia.

–Y la última.

Ethan la tomó en brazos y, ya en su dormitorio, hicieron el amor pausadamente, con las manos entrelazadas, mirándose a los ojos. Cuando él la penetró, Nadia juntó las piernas para atraparlo.

–Te amo –susurró él.

Ella repitió esas mismas palabras una y otra vez hasta que la alcanzó el éxtasis y volvió al paraíso. Asiéndose a Ethan, lo arrastró consigo. Luego permanecieron pegados, uno al lado del otro. Nadia le acarició el pecho y de pronto dijo:

–Salgamos como si nos citáramos por primera vez. Me encantaría ir a bailar contigo.

–¡No pienso tener ninguna cita más contigo! Al ver que Nadia lo miraba desconcertada, Ethan explicó–. Ninguno de los dos estamos disponibles ya para citas. Tenemos una relación.

–¿Una qué?

–Ya me has oído. Eres la única mujer con la quiero estar, cueste lo que cueste –tomó aire–. Aunque para ello tenga que… comprometerme.

Nadia se tapó la boca para contener la risa. Ethan se la retiró y la besó.

–Los dos supimos en cuanto nos vimos que acabaríamos en la cama juntos –dijo con voz ronca–. Ahora vamos a permanecer así el resto de muestras vidas.

–¿En la cama?

Ethan puso los ojos en blanco.

–Luego me acusas de pensar siempre en el sexo –dijo, aunque meció las caderas para hacerle sentir su deseo.

Nadia se abrazó a él. La felicidad que sentía en aquel momento irradiaba de cada poro de su piel. Ethan le hacía sentir segura con su actos y con sus palabras. Ella había sido demasiado cobarde y no había querido creer en sus acciones. Pero él la había apoyado, la había retado, la había ayudado y le había hecho reír tantas veces como la había enfurecido. Y por todo ello lo amaba con locura. Junto a Ethan, su corazón era infinitamente más grande. Y por fin podía creer que él era suyo.

–Prometo no decepcionarte, Nadia –dijo él.

–Te creo –Nadia le tomó el rostro entre las manos–. Y yo prometo no decepcionarte a ti. Lo vamos a pasar muy bien.

Ethan sonrió con una profunda emoción.

–Lo nuestro va a ser para siempre.

MujerAlerta.

Soy Nadia Keenan, anteriormente conocida como MaduraEscarmentada. Sé que estabais ansiosas por ver nuestro nuevo diseño.

Bienvenidas a la reinauguración de MujerAlerta. Esperamos que os resulte más fácil navegar en la página. Hemos incorporado algunas de vuestras sugerencias y hemos añadido algunas de nuestra propia cosecha.

Hay un par de espacios más para rellenar cuando os registréis porque pensamos que vuestra seguridad es importante. Y recordad que no compartimos vuestra información con nadie.

Entre nuestras más excitantes novedades encontraréis una tienda online con camisetas, tazas, bolsos y alarmas para vuestra seguridad personal. No pretendemos ser paranoicos, solo que os sintáis libres.

Además, queremos crear una hermandad de mujeres. DonTresCitasySeAcabó tenía razón, a las mujeres nos encanta compartir… ¡tanto lo bueno como lo malo!

También encontraréis una sección en la que os aconsejaremos sobre los mejores destinos y sugerencias de viaje, así como otra en la que os contaremos historias que hayan tenido un final feliz. De hecho, tenemos ya una de la que quizá hayáis oído hablar… Empezó como una guerra entre blogs ;)

Quedar, salir a bailar, a cenar, conocer a gente

nueva, debería ser una experiencia positiva, pero no siempre es el caso. Así que aprendamos las unas de las otras para cometer menos errores en el futuro.

Y ya que habéis insistido, habrá una entrada regularmente de DonTresCitas, nuestro hombre del lado oscuro. ¡Ya sé lo populares que son sus opiniones entre todas vosotras!

Entre tanto, os diré que vamos por nuestra cita ciento veintiocho. De hecho, Ethan insiste en que ya no son citas, sino que se trata de una relación. Me ha regalado un diamante para demostrarlo.

¿Pero cómo voy a poder daros consejos si ya no acudo a citas? Bueno, para que no se ponga nervioso, os confieso, aquí en público, que pienso citarme solo con él el resto de mi vida...

Lo que demuestra que hasta las mujeres más escarmentadas y los hombres más reacios a comprometerse superan sus temores cuando encuentran a la persona adecuada.

Así que salid al mundo, quedad y disfrutad. El destino os sorprenderá cuando menos lo esperéis. Y, pase lo que pase, recordad que estamos aquí para escucharos, ayudaros y haceros reír en el camino... ¡para juntas convertirnos en mujeres sabias!

Con todo mi amor,
Nadia.

Deseo

SEDUCCIÓN EN ÁFRICA

ELIZABETH LANE

El filántropo Cal Jeffords nunca habría esperado encontrarse a la sofisticada Megan Rafferty, la viuda de su mejor amigo, trabajando como enfermera voluntaria en un campo de refugiados en Darfur. Sin embargo, ya que había dado con su paradero, no pararía hasta obtener de ella las respuestas que buscaba... ni hasta conseguir llevársela a la cama.

Cuando descubriera qué había hecho con los millones que había desviado de los fondos de su fundación, haría que pagase por ello, pero, aunque Megan ocultaba algo, no era lo que Cal pensaba.

Cuando supiese la verdad le sería imposible dejarla marchar

¡YA EN TU PUNTO DE VENTA!

Acepte 2 de nuestras mejores novelas de amor GRATIS

¡Y reciba un regalo sorpresa!

Oferta especial de tiempo limitado

Rellene el cupón y envíelo a
Harlequin Reader Service®
3010 Walden Ave.
P.O. Box 1867
Buffalo, N.Y. 14240-1867

¡Si! Por favor, envíenme 2 novelas de amor de Harlequin (1 Bianca® y 1 Deseo®) gratis, más el regalo sorpresa. Luego remítanme 4 novelas nuevas todos los meses, las cuales recibiré mucho antes de que aparezcan en librerías, y factúrenme al bajo precio de $3,24 cada una, más $0,25 por envío e impuesto de ventas, si corresponde*. Este es el precio total, y es un ahorro de casi el 20% sobre el precio de portada. !Una oferta excelente! Entiendo que el hecho de aceptar estos libros y el regalo no me obliga en forma alguna a la compra de libros adicionales. Y también que puedo devolver cualquier envío y cancelar en cualquier momento. Aún si decido no comprar ningún otro libro de Harlequin, los 2 libros gratis y el regalo sorpresa son míos para siempre.

416 LBN DU7N

Nombre y apellido	(Por favor, letra de molde)
Dirección	Apartamento No.
Ciudad	Estado Zona postal

Esta oferta se limita a un pedido por hogar y no está disponible para los subscriptores actuales de Deseo® y Bianca®.
*Los términos y precios quedan sujetos a cambios sin aviso previo.
Impuestos de ventas aplican en N.Y.

SPN-03   ©2003 Harlequin Enterprises Limited

Bianca

No sabía si su corazón sería capaz de soportar vivir con un hombre que tal vez nunca le correspondería

La noche en que Rose Palmer conoció al enigmático magnate italiano Dante Fortinari se olvidó de toda precaución... ¡y dejó que la metiera en su cama! Pero a la mañana siguiente Dante se había ido y Rose se quedó sola, con el corazón roto... y embarazada.

Dos años después, Rose se encontró cara a cara con el padre de su hija y fue incapaz de ocultar por más tiempo la verdad de lo sucedido aquella noche. Había supuesto que Dante se enfadaría... ¡pero lo último que había esperado era que le exigiera casarse con él!

La noche
en que nos conocimos

Catherine George

EL SECRETO DE LILA

SARA ORWIG

Como buen miembro activo del Club de Ganaderos de Texas, Sam Gordon era conservador hasta la médula. Al descubrir que Lila Hacket, con quien había compartido una noche de pasión, estaba embarazada, decidió que tenía que casarse con ella.

Con una carrera en ciernes, Lila no tenía intención de cambiar su vida para convertirse en lo que Sam consideraba la esposa perfecta. Así que, si él deseaba que su bebé llevase el apellido Gordon, tendría que cambiar de idea sobre lo que realmente quería de ella... y qué estaba dispuesto a darle a cambio.

Quería llegar al corazón del texano

¡YA EN TU PUNTO DE VENTA!